Pjotr Jerschow

Das Höckerpferd

Pjotr Jerschow

Das Höckerpferd

Aus dem Russischen übertragen
von
Michail Schaiber-Sokolski

Mit einem Vorwort
von
Michail Schaiber-Sokolski

Illustrationen nach
N. Kotschergin

Weimar (Lahn) 2014

Acknowledgments

ALL RIGHTS ARE EXPRESSLY RESERVED BY
© 2013 Bernd E. Scholz • D-35096 Weimar (Lahn) •
(http://www.bernd-von-der-walge.de)
Germany
Printed by CreateSpace, An Amazon.com Company
Available on Kindle and other devices

*

Als Kindle eBook wird der "Das Höckerpferd" angeboten
unter Amazon ASIN: B00DH7X4PG
http://www.amazon.de/Das-Höckerpferd-Pjotr-Jerschow-ebook/dp/B00DH7X4PG/

*

ISBN 978-3-926385-36-9 (Bernd E. Scholz)

Das Märchen vom Höckerpferdchen

In Russland erzählt man sich, wie in aller Welt, seit vielen Jahrhunderten Märchen. Manche von ihnen haben überall im Lande Verbreitung gefunden, andere sind weniger populär geworden. Doch keines von ihnen hat eine solche Volkstümlichkeit erlangt, wie ein Märchen, das erst gegen die Mitte des vorigen Jahrhunderts entstanden ist: das ›Höckerpferd‹, ein Versmärchen des Dichters Pjotr Jerschow (1815-1869).

Jerschow war gerade sechzehn Jahre alt, als er in die russische Hauptstadt Petersburg kam, um an der Universität zu studieren. Hier machte er bald die Bekanntschaft mehrerer bedeutender Literaten, darunter auch die des größten und berühmtesten russischen Dichters, Alexander Puschkin, der um diese Zeit selbst schöne und lustige Versmärchen zu schreiben begann, die in Russland bis auf den heutigen Tag jedes Kind kennt. Als aber Jerschow in wenigen Wochen sein ›Höckerpferd‹ niederschrieb, war allen klar, dass er sogar Puschkin übertroffen hatte. Doch blieb das ›Höckerpferd‹ sein einziges so geglücktes Werk. Er schrieb später, als er sein

 5

Studium absolviert hatte und als Schulrektor nach der sibirischen Stadt Tobolsk versetzt wurde, noch viele Verse, doch blieb ihnen der Erfolg versagt. Das ›Höckerpferd‹ dagegen hat nicht nur die mehr als 150 Jahre überlebt – es wird fast jedes Jahr von den verschiedensten Verlagen aufs neue herausgegeben und ist dann in wenigen Tagen vergriffen; eine Oper und ein Ballett, die den beliebten Titel tragen, stehen ständig auf dem Spielplan vieler Musiktheater, darunter eines der größten in der Welt – des Moskauer Bolschoi, und die berühmtesten russischen Schauspieler rezitieren das Märchen immer wieder im Rundfunk.

Diese Beliebtheit erklärt sich wohl vor allem daraus, dass die Hauptfigur des Märchens ›Iwán der Tropf oder der Dummkopf‹, der gar nicht so einfältig oder dumm, sondern ganz hübsch klug und ziemlich schlau ist, einen echten russischen Volkscharakter darstellt. Natürlich einen ironisch gesehenen Volkscharakter, doch tut ja ein Schuss Selbstironie dem menschlichen Herzen und dem menschlichen Geist stets wohl. Hinzu kommt, dass der eigentliche Gegenspieler Iwáns, der Zar, nun ein wirklicher Blödling ist, und das wird von den Russen gleichsam als Racheakt gegen die despotischen Herrscher empfunden, die zu Jerschows Zeiten und oft auch später, bis in neueste Zeit hinein, das Land nicht so sehr lenkten als vielmehr unterdrückten.

Bei alldem ist aber das ›Höckerpferd‹ ein lustiges, interes-
santes und geistreiches Märchen, das Kinder wie Erwach-
sene gern aus reinem Vergnügen lesen. Dabei sollte der
deutsche Leser beachten, dass der Name unseres Helden,
Iwán, im Russischen auf der zweiten Silbe betont wird ...

Michail Schaiber-Sokolski

Marburg, im April 2001

1. Teil

Also hebt das Märchen an

Hinter Wald und Bergeshöhen,
weiten Meeren, blauen Seen
auf der Erde, unterm Mond
hat ein Bauer einst gewohnt,
und drei Söhne ihm zur Seit'.
War der ältre Bursch gescheit,
der mittlere nur leicht verdreht,
schien der dritte richtig blöd.

Weizen wuchs auf ihren Fluren,
den sie fröhlich nach der Ernte

 8

in die nicht gar weit entfernte
wunderschöne Hauptstadt fuhren.
Hatten sie das Korn verkauft
und am Wirtshaustisch verschnauft,
ging's mit vielem Geld und Glück
in das Heimatdorf zurück.

Manches Jahr strich hin, bis da
etwas Schreckliches geschah:
Jede Nacht stampft irgendwer
auf dem Kornfeld wild umher!
Ihnen war in all den Jahren
nie solch Unglück widerfahren!
Nun, sie rieten hin und her,
wie der Strolch zu packen wär.
Lange knobelten die Bauern
und beschlossen, nachts zu lauern,
hübsch am Kornfeld aufzupassen
und den Bösewicht zu fassen.

Kaum ging nun Frau Sonne schlafen,
nahm der älteste der Braven
Axt und Forke mit Bedacht,
zog hinaus, als wär's zur Schlacht.
Doch des Nachts kam ein Gewitter,
da befiel ihn ein Gezitter,
dass er, blitz- und wasserscheu,
sich behend verkroch im Heu.

Wie die Nacht zu Ende ging,
schlich er sich zum Brunnen flink,
goss sich pitschnass Hemd und Hos',
lief zum Haus und dröhnte los:
»He, ihr faulen Schnarcher ihr,
öffnet mir sofort die Tür!
Bin durchnässt von Kopf bis Fuß –
pfui, dass ich noch warten muss!«
Und im nächsten Augenblick
sprang der Riegel schon zurück.
Hastig fragten sie, wie's steht:
Ob er schon den Feind erspäht?
Erst nach würdevollem Schneuzen
und Verbeugungen mit Kreuzen
hüstelte und seufzt' er: »Ach,
blieb die ganze Nacht durch wach!
Von dem schrecklichen Gewitter
litt ich Unglückswurm gar bitter!
Doch ob's goss in wilden Strömen,
ließ ich mir den Mut nicht nehmen!
War kein Spaß, die Regenflut ...
Aber sonst steht alles gut.«
Wie ihn da der Vater lobte!
»Ja, obwohl das Wetter tobte,
du, Danilo, hast als Mann
deinen schweren Dienst getan!
Brauch mich deiner nicht zu schämen.
Ihr könnt euch ein Beispiel nehmen!«

Wieder ging die Sonne schlafen,
als der mittlere der Braven
Axt und Forke zog hervor
und auf Wache ging vors Tor.
Doch die Nacht war bitter kalt,
heftig zitterte er bald,
seine Zähne klirrten so,
dass er wie ein Hase floh
und sich jämmerlich verkroch
unterm Nachbarzaun im Loch.
Seine Angst war riesengroß,
doch am Morgen schrie er los:

»He, ihr Schnarcher, aufgewacht
und die Tür schnell aufgemacht!
Nie war je ein Frost so arg,
bin durchfroren bis ins Mark!«
Und im nächsten Augenblick
sprang der Riegel schon zurück,
Hastig fragten sie, wie's steht:
Ob er schon den Feind erspäht?
Doch er schlug das Kreuz erst schwei-
gend,
sich nach links und rechts verneigend,
brummte durch die Zähne: »Ach,
diese ganze Nacht durch wach!
Und der Frost war unerträglich!
Aber litt ich auch unsäglich,

fror ich auch bis auf die Knochen,
seht, ich hab' mich nicht verkrochen!
Ist kein Spaß, bei solchen Frösten …
Doch steht alles sonst zum Besten.«
Wieder hob der Vater an:
»Du, Gawrilo, bist ein Mann!«
Als die dritte Nacht begann,
war der jüngste Bruder dran.
Auf dem Ofen in der Ecke
lag er, glotzte an die Decke,
sang, laut grölend wie ein Narr –
sang vom schönsten Augenpaar.
Seine Brüder, außer sich,
mahnten, drohten fürchterlich,
schmähten ihn auf jede Weise,
höhnten, fluchten, schrien sich heiser,
doch der Tor blieb unbewegt,
keine Zehe, die er regt!
Endlich hob der Vater an:
»Sei auch du ein Held, Iwan!
Du bekommst dann, ungelogen,
Erbsen, Speck und Bilderbogen!«
Hei, das wirkt! Iwan springt munter
von dem Ofenbett herunter,
zieht den Schafpelz an und klemmt
einen Brotlaib unters Hemd.

Und beim Mondschein zieht der Held
auf und ab das ganze Feld,
ostwärts schaut er, nördlich, südlich,
setzt sich an den Busch gemütlich,
zählt die Sterne in der Runde,
kaut sein Brot mit vollem Munde …
Mitternacht. Was ist da? Hört
unser Wächter nicht ein Pferd?
Er schnellt auf. Da sieht der Gute
eine blendend weiße Stute.
Ihre Mähne, pures Gold,
ist in Locken aufgerollt.
Wie Iwan das Ross erblickt,
steht er lange ganz verzückt,
dann erwacht er, dann versteht er:
»Ach, du bist der Missetäter!
Wart nur, Diebin, Spaß beiseite,
du erfährst jetzt, wie ich reite!
Wart, ich spring dir aufs Genick!«
Und im rechten Augenblick
läuft er blitzschnell los, ergreift
rasch den Schwanz, so schön geschweift,
schwingt sich hurtig auf das Pferd,
das Gesicht zum Schwanz gekehrt.
Doch das Ross in seiner Wut
sprüht aus wilden Augen Glut.
Schlangengleich den Hals gebogen,
wie ein Pfeil davongeflogen,

schwebt es, wirbelt es im Kreise,
schießt herab auf Vogelweise,
sprengt im Flug auf Bergesgipfel,
bäumt sich über Waldeswipfel –
ob durch Kraft oder durch Tücken,
will's ihn abwerfen vom Rücken.
Doch Iwan, der schaukelt bloß –
lässt und lässt den Schwanz nicht los.
Endlich sagt es: »Hast's geschafft,
bin am Ende meiner Kraft.
Konnte dich nicht unterkriegen,
sollst nun über mich verfügen.
Eines nur, Iwan, begehr ich:
Füttre, pflege mich gehörig,
find mir einen stillen Ort,
und ich lohn es dir, mein Wort!
Wenn drei Frührote vorbei,
setz mich auf den Feldern frei,
will zwei Rosse dann gebären
und sie dir, Iwan, bescheren –
sind so makellos, so schön,
wie man keine je gesehn;
und ein Pferdchen noch, gar klein,
nur drei Fuß hoch soll es sein,
mit zwei Höckern sei's geboren
und mit ellenlangen Ohren!
Und verkaufst du auch die beiden,
lass dich nie vom Pferdchen scheiden –

 16

kein Stück Putz, kein fetter Brocken
soll dich je dazu verlocken!
Über Land und unter Land
sei es deine rechte Hand.
Wärmen wird es dich im Eis,
kühlen, brennt die Sonne heiß,
Brot bringt's, wenn der Hunger nagt,
süffigen Met, wenn Durst dich plagt.
Ich werd neue Kraft dann fühlen,
frei auf weiten Feldern spielen!«
 »Schön«, meint da Iwan, »na, bitte«,
führt das Ross zur Hirtenhütte,
legt ihm Matten hin zur Rast
und verhängt die Tür mit Bast.
Kaum dass nun der Morgen schimmert,
bricht er auf, geht unbekümmert
den gewohnten Weg entlang
mit gar fröhlichem Gesang.

 Schon ist er ans Tor gekommen,
hat den Eisenring genommen
und klopft los mit solcher Macht,
dass das Dach fast niederkracht,
schreit – ein Marktplatz wird erschrecken:
Brennt es denn an allen Ecken?

Seine Brüder, hochgeschnellt
mit dem größten Schreck der Welt,
stottern nur: »Der Teufel klopft!«
»Das bin ich, Iwan der Tropf!«
Wie die Tür kaum aufgetan,
stürzen sie sich auf Iwan:
»Dummer Kerl, was fällt dir ein?
Musstest du so greulich schrein?«
Doch in aller Seelenruhe –
hat den Pelz an, Mütze, Schuhe –
schreitet er zur Ofenecke,
streckt sich hin und guckt zur Decke,
schildert, was ihm widerfahren,
dass die Brüder nur so starren:
»War die ganze Nacht durch wach,
zählte alle Sterne nach –
ob der Mond am Himmel stand,
hab ich nicht so recht erkannt.
Plötzlich trat da aus dem Dunkel
mit ganz schrecklichem Gefunkel
leibhaftig der Satan vor –

Schnurrbart, Bart von Ohr zu Ohr!
Wie der hopste und sich drehte,
mit dem Schwanz den Weizen mähte!
Katzenschnauze, Feuerblick…
Nun, ich sprang ihm aufs Genick.
Hei, da gab's ein wildes Jagen!
Hat mir fast den Kopf zerschlagen!
Aber mir macht keiner bange –
hielt ihn fest wie mit der Zange.
Wie er sich auch bäumt und wendet,
hat's mit Flennerei geendet:
›Lieber Junge, lass mich leben,
will dir das Versprechen geben,
dies Jahr keine Christenseelen
mehr zu martern und zu stehlen.‹
Na, ich wollt ja selbst verschnaufen,
drum ließ ich den Ärmsten laufen.«
Ruhig bricht er ab – und gähnt,
bis ein Schnarchen leis ertönt.
War der Brüder Zorn auch groß,
aber nein, sie platzen los,
halten sich den Bauch und lachen,
dass ringsum die Wände krachen.
Und sogar der alte Vater
stimmt in dieses Lachtheater,
wenn das auch für einen Greis
sündhaft ist, wie jeder weiß.

Wieviel Zeit alsdann vergangen,
seit Iwan und Satan rangen,
hab ich nirgendwo gehört.
Ist auch nicht der Rede wert.
Ob es ein Jahr war, ob zwei,
bleibt ja schließlich einerlei –
wer rennt Jahren hinterher?
Drum nur weiter mit der Mär.
 Einst an einem Feiertage
nach dem üblichen Gelage
war Danilo, schlimm besoffen,
auf den Hirtenstand getroffen.
Er trat ein … Und sah zwei schöne,
stolze Rosse, Gold die Mähne,
und ein Spielzeugpferdchen, das
nur drei Fuß vom Boden maß,
mit zwei Höckern gleich geboren
und mit ellenlangen Ohren.
»Sieh mal an, nun ist mir klar,
was er hier so tat, der Narr!«
sprach Danilo traumversunken
und war gar nicht mehr betrunken.
Jäh nach Hause, übers Feld
läuft er, was das Zeug nur hält.

»Rasch, Gawrilo! Welche schönen
Pferde mit rein goldnen Mähnen
unser Narr verborgen hat!

Komm doch, schnell! Da bist du platt!«

Und die Brüder rennen beide
barfuß über Feld und Weide,
hetzen über Stock und Stein,
durch die Nesseln querfeldein.

Dreimal stolperten sie heftig,
rieben sich die Beulen kräftig.
rieben sich die Augen rein –
zu den Rossen nun hinein!

Schweif an Schweif aus purem Gold
war in Locken aufgerollt,
Augen wie Rubin durchstrahlt,
majestätisch die Gestalt,
Hufe ganz aus Diamanten,
dran die schönsten Perlen brannten …
Solche Pferdeherrlichkeiten
mag allein der Zar wohl reiten!
Unsre Brüder standen da,
guckten sich halbblind beinah,
und Danilo seufzte schwer:
»Wo sind nur die Pferde her?
Längst schon sagen ja die Leute:
Schätze sind des Toren Beute.
Unsereins mag tot sich schinden,
nicht zwei Rubel wird er finden.
Hör, wir führen diese Rosse
sonntags zum Bojarenschlosse,

 22

und nach redlichem Verkauf
teilen wir das Geld uns auf!
Und du weißt ja, klingt das Geld,
darf man alles in der Welt –
tanzen, fressen, küssen, saufen.
Freunde hat man dann in Haufen.
Unser Narr wird nie erraten,
wo die Pferde hingeraten.
Soll er suchen, Tag und Nacht!
Also, Freundchen, abgemacht!«
Fromm bekreuzigten sich beide,
küssten sich in heller Freude,
zählten unterwegs voll Jubel
schon die vielen schönen Rubel,

schwelgten, prassten schon voll Gier,
staunten übers Höckertier.

Langsam war die Zeit geschwunden,
Stunden, Tage, Tage, Stunden –
wie der Sonntag naht, da fahren
sie zur Stadt, wo die Bojaren
alles kaufen, was von Wert,
wohl auch manches schöne Pferd.
Und sie möchten auch mal fragen,
was sich alles zugetragen,
ob nicht deutsche Händler grade
Leinwand kaufen am Gestade,
ob nicht Sultans Heere kämen,
alle Christen zu moslemen ...
Vater segnet noch die Brüder,
knien vor den Ikonen nieder,
beten, und auf leichten Sohlen
gehen sie die Pferde holen.

Mählich schleicht die Nacht heran,
hin zur Hütte geht Iwan –
kaut sein Brot, und mit Gesang
zieht er froh den Weg entlang,
mild umweht von Abenddüften.
Stemmt die Fäuste in die Hüften,
tritt mit springend leichtem Schritte
wie ein Herr in seine Hütte ...

Alles steht am alten Ort,
doch die Rosse, die sind fort!
Pferdchen scheint's nicht zu verdrießen –
spielt gar lustig ihm zu Füßen,
Ohren, Augen, Beine, Schwanz
grüßen ihn im Freudentanz.
Doch Iwan heult auf und stöhnt,
hilflos an die Wand gelehnt:
»Oh, ihr schönsten auf der Erde,
meine goldgelockten Pferde!
Hab ich euch nicht treu geliebt?
Welcher Teufel ist der Dieb?
Dass der Hundsfott dreckbeschmiert
doch im tiefsten Loch krepiert!
Dass er dann in jener Welt
von der Höllenbrücke fällt!
Oh, ihr schönsten auf der Erde,
meine goldgelockten Pferde!«

Da spricht Pferdchen: »Sei ein Mann!
Gräme dich nicht so, Iwan!
Dein Verlust ist ungeheuer,
doch ich geh für dich durchs Feuer!
Und verleumde nicht den Bösen:
Deine Brüder sind's gewesen!
Mit Geschwätz ist nichts getan –
Kopf hoch, vorwärts, Freund Iwan,
steig nur rasch auf mich hinauf!

Halt dich tüchtig fest beim Lauf!
Ist mein Wuchs auch so bescheiden,
jedes Ross kann mich beneiden,
denn, da magst du sicher sein,
selbst den Teufel hol ich ein!«

Und es streckt sich auf den Lehm.
Freund Iwan macht sich's bequem,
fasst die Ohren – bester Halt! –,
brüllt mit aller Stimmgewalt,
und das Tier erhebt sich wieder,
spannt die Muskeln, reckt die Glieder,
schnaubt – schießt los mit wilder Mähne
wie ein Pfeil von straffer Sehne.
Und sein windgeschwinder Lauf
wählt den Staub in Wirbeln auf.
Ein Moment noch, zwei vielleicht,
und das Diebspaar ist erreicht.

Beide Brüder, blass vor Schrecken,
möchten sich vor Scham verstecken,
Da beginnt Iwan entrüstet:
»So, der Narr ist überlistet?
Wenn ihr auch gescheiter seid,
fehlt euch eins: die Ehrlichkeit!«
Das Gesicht schier krampfgeklagt,
stapft Danilo vor und klagt:
»Unser heißgeliebter Bruder!

Nicht zu leugnen – wir sind Luder!
Doch du musst uns schon vergeben:
Denk an unser Jammerleben!

Schuften uns beinahe tot,
doch reicht's kaum zum trocknen Brot.
Fehlt dann gar das Ernteglück,
bleibt nichts übrig als der Strick!
Nun, vom Kummer ganz gebrochen,
hab'n wir diese Nacht besprochen
bis zum ersten Hahnenschrei,
wie dem abzuhelfen sei.
Und nach langem Hin und Her
meinten wir, das beste wär,
deine Pferde zu verkaufen –
tausend Rubel sind ein Haufen!
Wollten auch paar hübsche Sachen,
Freundchen, zum Geschenk dir machen:
wohl die schmuckste aller Mützen,
Stiefelchen, die nur so blitzen!
Und der Alte ist doch krank,
hockt nur müßig auf der Bank –
weißt ja, bist ja selber klug:
Gram und Mühen gibt's genug!«
»Ist es so, dann meinetwegen«,
sagt Iwan, »hab nichts dagegen,
macht die Rosse nur zu Geld.
Ich komm mit, wenn's euch gefällt!«
Scheele Blicke bei den Brüdern –
doch sie können nichts erwidern.

Als die Welt in Nacht versank,
wurd's den Brüdern etwas bang,
sie beschlossen abzuschirren,
um sich nicht gar zu verirren.
Unter schützendem Geäst
banden sie die Pferde fest,
labten sich an Brot und Zwiebeln,
konnten auch ein Gläschen kübeln,
dann begannen derbe Stöße,
Tricks und ausgelassne Späße.

Plötzlich hält Danilo ein:
Ha, ein ferner Flammenschein!
Mit dem rechten sieht er's blinken,
und er zwinkert mit dem linken
schlauen Aug Gawrilo zu:
Kommt ein Schabernack jetzt, du!
Hüstelt noch – zur Vorbereitung –
mit besonderer Bedeutung
und beginnt: »Wenn nur der Mond
glauben würd, dass es sich lohnt,
uns zum Spaß mal zuzunicken!
Hilflos sind wir wie die Kücken!
Aber wart mal, seh ich nicht
dort sowas wie Rauch und Licht?
Ach, das kann ich grade brauchen,
denn ich möchte furchtbar rauchen
und vergaß mein Feuerzeug –

Höllenqual ist's, sag ich euch!
Nun, Iwan holt sicher gerne
mir mal Feuer aus der Ferne?«
Schmunzelt schlau und denkt dabei:
Quetsch der Teufel dich zu Brei!
Doch Gawrilo meint ganz leis:
»Was wohl da so brennt, wer weiß!
Brandschatzen vielleicht Kosaken,
die dich gleich zu Kleinholz hacken!«

Dem Iwan ist's einerlei.
Ruft das Höckerpferd herbei,
streichelt Nüstern, Kinn und Lippen,
sitzt schnell auf, stößt in die Rippen,

was die Lunge aushält, schreit er –
und weg sind sie, Pferd und Reiter.
»Gott, behüte deine Knechte!«
ruft Gawrilo, hebt die Rechte,
schlägt das Kreuz nach allen Seiten:
»Einen Dämon muss er reiten!«

Dort der Schein wird immer heller.
Höckerpferdchen fliegt noch schneller,
bis es vor dem Lichtglanz hält –
wie am Tage strahlt das Feld,
und ein Leuchten, kalt und klar,
füllt die Gegend wunderbar.
»Aber das geht doch, nanu,
nicht mit rechten Dingen zu«,
meint Iwan, »ein solches Licht –
doch es raucht und wärmt ja nicht!
Solch ein Wunderfeuerschein!«
Doch das Pferdchen schnaubt: »Ach nein!
Hier liegt, weiß es auch nicht jeder,
nur des Feuervogels Feder.
Ist's dir um dein Glück zu tun,
lass die Feder lieber ruhn!
Nimmst du sie, so ist kein Frieden
dir für lange Zeit beschieden!«
»Aber was, das wär gelacht!«
brummt der Narr und bückt sich sacht,
legt des Feuervogels Feder

sorgsam in ein Stückchen Leder,
tut es in die Mütze und
jagt zurück mit seinem Fund.

Eh die Brüder sich's versahen,
hören sie den Reiter nahen.
Hurtig sitzt er ab, erzählt:
»Nur ein Baumstumpf hat geschwelt.
Na, ich geb mir tüchtig Mühe, –
dass er wieder richtig glühe –
puste, dass ich fast zerplatze,
aber alles für die Katze!«
Ernst setzt er sich hin und gähnt,
bis sein Schnarchen jäh erdröhnt.
Und das Brüderpaar, das lacht
sich halbtot die ganze Nacht.

Als die Nacht dem Morgen weicht,
haben sie die Stadt erreicht,
stellen ihre stolzen Rosse
eins zum andern vor dem Schlosse.
Auf dem Marktplatz herrschte Ruh,
alle Läden waren zu:
Handeln durfte man erst, wenn's
zu erlauben Exzellenz
der Herr Stadthauptmann geruht –
das war Sitte und Statut.
Seht, da kommt er grad geritten

nach der Frühandacht, inmitten
seiner Hundertschaft – die Tracht
ist von märchenhafter Pracht.
Seines ersten Winkes harrt
schon der Rufer, streicht den Bart,
führt das Goldhorn dann zum Mund,
bläst und tut gar würdig kund;
»Kaufherrn! Das Stadtoberhaupt
hat den Handel euch erlaubt!
Wächter, tüchtig aufgepasst,
jeden Dieb im Nu gefasst!
Kein Gedränge, kein Krawall,
kein Geschrei und kein Geknall!

 33

Dass kein Spitzbube beileibe
hier sein schlimmes Handwerk treibe!«
Jeder Riegel fliegt zur Seite,
und man lockt die Christenleute:
»Kommt, verehrte Herren, kommt
hier gibt's alles, was euch frommt!
Wirklich rare, wunderbare,
wahrhaft ausgewählte Ware!«
Und schon strömen sie in Haufen,
kaufen, kaufen, kaufen, kaufen,
hundert Händler zählen Münzen,
schaun zum Wächter hin und blinzen.

Die berittne Polizei
kommt indes zur Pferdereih.
Welch Gewimmel, welch Gedränge,
welche Menge in der Enge,
welch ein riesiger Tumult –
was ist los und wer ist schuld?
Was den Hauptmann stutzig macht,
ist, dass man im Volk gar lacht.
Er beginnt, vor Wut zu schäumen,
und befiehlt, den Platz zu räumen,
»He, ihr dummen Tagediebe,
Straße frei, sonst setzt es Hiebe!«
schreit der Trupp aus vollem Hals
zur Musik des Peitschenknalls.
Schnell, die Mützen abgezogen,

weicht das Volk in weitem Bogen.
Wie sich nun die Menge lichtet,
da ist jeder Blick gerichtet
auf die beiden herrlich schönen
Rosse mit den goldnen Mähnen,
deren Schweife, pures Gold,
fein in Locken aufgerollt.
Der Herr Hauptmann, sonst ein Degen,
kratzt sich hinterm Ohr verlegen.
»Wieviel Wunder Gottes Welt«,
spricht er endlich, »doch enthält!«
Ob des Spruchs, so weis und wahr,
nickt gar ehrfürchtig die Schar.
Er erteilt aus voller Kehle
nun die striktesten Befehle:
Der Verkauf ist untersagt!
Dass kein Strolch es etwa wagt
und hier vor den Rossen gähnt!
Jedes Mucksen ist verpönt!
Selber eilte er derweilen,
es dem Zaren mitzuteilen.
Wie er in den Thronsaal tritt,
tut er einen langen Schritt,
wirft sich auf den Bauch und fleht:
»Übe Gnade, Majestät!
Lass mir nicht den Kopf abschlagen,
heiße mich die Wahrheit sagen!«
Gnädig räuspert sich der Zar:

»Was? Na schön! Nur kurz und klar!«
»Kurz und klar, so gut ich kann!
Bin dein treuer Stadthauptmann,
dieses Amt verseh ich fleißig
schon seit Jahren ...« »Weiß ich, weiß ich!«
»Nun, mit meiner Polizei
ritt ich heut zur Pferdereih.
Wie ich ankam – lieber Himmel,
welch Gedränge, welch Gewimmel!
Um mir Zugang zu verschaffen,
ließ ich alle, die da gaffen,
schnurstracks auseinanderjagen.
Und was seh ich? Nicht zu sagen!
In der Pferdereihe stehn
da zwei Rosse, herrlich schön,
Rappen mit gewaltgen Mähnen,
feinstes Goldwerk alle Strähnen,
auch die Schweife pures Gold
und in Locken aufgerollt,
und die Hufe ganz aus reinen,
perlumrahmten Edelsteinen.«
Majestät schnellt in die Höhe:
»Dass ich sie sofort besehe!
Und es wär auch sicher schön,
gleich solch Wunder zu erstehn!
Die Karosse!« Vorm Palast
fährt sie auf in aller Hast.
Rasch gewaschen und frisiert,

reich mit Orden dekoriert,
steigt er in die Staatskarosse,
eilt zum Markt mit seinem Trosse.
Dort liegt alles auf den Knien,
jubelnd wird Hurra geschrien,
er nickt leutselig im Kreise –
und springt, hops, auf Bubenweise
aus der prächtigen Karosse …
Und nun starrt er auf die Rosse,
staunt erst rechts und staunt dann links,
streichelt, krault und hätschelt rings
ihre Rücken, Schultern, Flanken,
fühlt die Schenkel ab, die schlanken,
kitzelt ganz verspielt die Nüstern,
fragt, schon ganz aufs Kaufen lüstern:
»Wem gehört denn diese Perle,
dieses Prachtgespann, ihr Kerle?«
Da tritt stolz Iwan der Tor
wie ein großer Herr hervor,
beide Arme eingestemmt,
selbstbewusst und ungehemmt:
»Mir allein gehört es, Zar,
dieses hübsche Rappenpaar!«
»Na, ich kaufe beide Pferde.«
»Nein, weil ich nur tauschen werde.«
»Und als Gegenwert, was soll…«
»Silber, zwei Fünfmützenvoll.«
»Zehn denn. Gut, die kannst du kriegen.«

Er befiehlt, sie abzuwiegen,
und aus gnädiger Menschenliebe
gibt er noch fünf Rubel drüber.

Zehn solide, graumelierte,
goldbestickte, goldumschnürte,
hochgeschätzte Pferdewarte,
ganz besondre, extrazarte
Saffianpeitschen in der Hand,
um den Bauch ein buntes Band,
an der Brust des Zaren Wappen,
führen nun die stolzen Rappen

zu des Herrschers eignem Stall.
Doch sieh da, mit einem Mal
bäumen sich die Rosse, schmeißen
alle Diener um, zerreißen
Schnur und Zaum – und zu Iwan!

Eilig tritt der Zar heran:
»Siehst du, Junge? Solche Sachen!
Musst nun selbst den Stallwart machen,
denn das wunderschöne Paar
hört ja nur auf dich, nicht wahr?
Na, es soll dich nicht verdrießen,
wirst das Leben erst genießen!
Alle meine Diener kleide
ich in Gold und Samt und Seide.
Meinen Stall rühmt alle Welt –
er sei dir nun unterstellt!
Das ist Zarenwort! Na, was?«
»Tja, es wär ein rechter Spaß!
So ein Herrenleben führen,
so in Samt und Gold stolzieren,
in den Ställen und Gestüten
so verfügen und gebieten ...
Und mit einem Schlage würd ich
dem Minister ebenbürtig!
Solch ein Wuånder! Meinetwegen,
will dir dienen, nichts dagegen!
Eins nur: keine Prügelstrafen

und nach Herzenslust stets schlafen –
sonst verschwinde ich im Nu.«

Und er ruft den Rossen zu,
führt sie jubelnd durch die Stadt.
Rings das Volk ist einfach platt:
Wenn er mit dem Handschuh winkt
und ein Narrenliedchen singt,
tanzen sie Trepak mit Sprüngen,
dass die Hufe nur so klingen,
und – ein Wunder ist es schier –
seht, das kleine Höckertier
legt ein Hocksitztänzchen hin!

Seinen redlichen Gewinn,
so viel Silbermünzen bar,
hat indes das Brüderpaar
eingenäht mit festem Faden
und aufs Fuhrwerk stracks verladen.
Wie auf Schwingen heimgeeilt,
haben sie's gerecht geteilt.
Nächsten Samstag, glückbeseelt,
waren beide schon vermählt.
Lebten still und fröhlich dann,
dachten oft auch an Iwan.

Doch genug von ihnen. Heute
wollen wir die Christenleute

  41

noch ergötzen mit der Mär,
was Iwan getan nachher
bei den Hofzeremoniellen,
in des Zaren eignen Ställen,
wie er seinen Schatz verschlief,
wie man ihn zum Zaren rief,
wie er die Prinzessin raubte
und den Feuervogel fing
und vom Meeresboden klaubte
einen schönen goldnen Ring
und im Mondschloss als Gesandter
sich für einen Wal verwandte,
dem der Himmel dann verzieh
und der dreißig Schiffe spie,
wie in Kesseln er nicht kochte,
wie ihn die Prinzessin mochte,
und zuguterletzt davon,
wie er selbst bestieg den Thron.

2. Teil

Märchen sind gar schnell erzählt,
Zeit nur für die Taten fehlt ...

Heben wir die Mär nun an
von den Streichen des Iwan,
vom Geschicke edler Pferde
und vom klügsten Tier der Erde!
Ziegen zogen über Felder,
Berge bargen dichte Wälder,
Rosse rissen goldne Zäume,
stiegen steil in Sonnenräume.
Wolken segelten und schwammen,
Wolken stießen schwer zusammen,

dass die Blitze nur so knallten
und die Donnerwagen hallten.
Hört die Vorsprüche geduldig,
bleib das Märchen euch nicht schuldig!
Fern im Meer, im Ozean
liegt das Inselchen Bujan,
dort steht frisch ein Sarg im Wald,
drin ein Mädchen, fahl und kalt.
Rings die schwarzen Tiere streifen
und die Nachtigallen pfeifen.
Das nun wär das Vorwort, jetzt
kommt die Mär zuguterletzt.
Wie's nun alle wissen müssten,
liebe rechtgetaufte Christen,
hat sich unser junger Held
zu des Zaren Tross gesellt.
Hier im herrlichen Palast,
bei den Rossen denkt er fast
nie an seinen Vater wieder,
und erst recht nicht an die Brüder.
Was sind ihm jetzt diese Bauern?
Soll er etwa gar bedauern,
dass er zehn gefüllte Truhen
hat mit Kleidern, Mützen, Schuhen,
dass ihm Leckerbissen munden,
dass er Gott weiß wieviel Stunden
laut und ungestört darf schnarchen
auf Verordnung des Monarchen?

So vergehen wohl fünf Wochen,
da hat jemand was gerochen …
Ja, ein alter Hofbeamter,
aus Bojarenadel stammt er,
ein gar tückischer Geselle,
bisher Chef der Zarenställe,
ist – kein Wunder auch – empört,
so verdrängt zu sein, und schwört,
koste es ihn selbst den Kragen,
diesen Bauern zu verjagen.
Doch er meint, in allen Fällen
sei es gut, sich zu verstellen,
und er gibt sich taub und stumm,
kurzsichtig und äußerst dumm.
Hat dabei nur eins im Kopf:
»Wart, ich geb's dir, Bauerntropf!«

Wie gesagt, so nach fünf Wochen
hat der Schnüffler was gerochen:
dass Iwan sich sorglos tummelt,
seinen Pferdedienst verbummelt,
aber dennoch seine beiden
Rosse nie darunter leiden,
sind geschniegelt und gestriegelt,
jedes Härchen wie gebügelt,
ihre Rücken seidenglatt,
ihre Flanken stark und satt,
in den Krippen frischer Weizen,

muss den vollsten Magen reizen,
reifes Maiskorn, hoch gehäuft,
dass der Speichel nur so läuft ...
»Welchen Trick, verflixt nochmal«,
sinnt der Schnüffler voller Qual,
»welchen Schlich hat er heraus?
Kommt ein Kobold hier ins Haus?
Aber nein, geh ich zur Hölle,
wenn ich diesen Kerl nicht stelle!
Ich will selbst die Kugel gießen,
nur um den da abzuschießen.
In der großen Kronratssitzung
melde ich: Mit Unterstützung
Satans ruft der Hofstallmeister
aus den Tiefen böse Geister,
er ist Magier, Hexentänzer,
Heide, Moslem, Kirchenschwänzer,
wagt, ein römisch Kreuz zu tragen,
und isst Fleisch an Fastentagen.«
In der Nacht hat der Beamte,
der aus höchstem Adel stammte,
sich im Stall flach hingestreckt
und hübsch dicht mit Korn verdeckt.

Wie nun Mitternacht gekommen,
pocht sein Herz ihm so beklommen,
und er bebt, vor Angst halbtot,
betet wie in höchster Not.

Plötzlich scheint's, die Stalltür knarrt –
ob die Phantasie ihn narrt?
Pferdestapfen, blasser Schein –
und der alte Schelm tritt ein,
wirft den Riegel tüchtig zu,
legt in aller Herzensruh
seine Mütze sorgsam nieder
und entnimmt ihr schlicht und bieder
drei solide Lappen Leder,
denen dann – die Feuerfeder!
So taghell strahlt der gesamte
Stall nun, dass der Hofbeamte
beinah aufschreit, furchtgeschüttelt,
und das Korn vom Leibe rüttelt.
Doch der Kobold wittert nichts.
Denn im Schweiß des Angesichts
wäscht er mit der feinsten Seife,
flicht er Mähnen, Schöpfe, Schweife
striegelt er das Pferdepaar –
singt dabei ein Lied sogar!
Alles andre als bequem,
zähneklappernd liegt indem
unser Schnüffler wie ein Knäuel
und bespäht all diesen Greuel.
Doch verflixt, er wird nicht klug:
Solch verkappter Teufelsspuk?
Satan bart- und hörnerlos,
wie ein hübscher Junge bloß?

Goldumschnürt und glattgekämmt,
Tressen an Livree und Hemd,
Stallstiefel aus Rotsaffian?
Ganz der leibhafte Iwan?
Fasst ihn noch einmal gehörig
nun ins Auge: »Tja, jetzt schwör ich,
nicht der Teufel ist ihm ähnlich,
nein, Iwan ist's höchstpersönlich!
Wart nur, Bürschchen, wird's erst hell,
mach ich alles klug und schnell –
werf dem Zaren mich zu Füßen,
und dann musst du grausam büßen!«
Doch Iwan, der gar nichts ahnt,
dem von keiner Unbill schwant,
singt sein Lied und putzt und pflegt
seine Pferde unentwegt,
füllt mit Hafer, kernig weiß,
und mit honigsüßem Mais
beide Krippen bis zum Rand,
grinst dann, tut mit sachter Hand
seine Feuervogelfeder
in die gleichen Stückchen Leder,
diese in die Mütze wieder,
streckt sich seelenruhig nieder,
schiebt die Mütze unters Ohr,
legt die Peitsche noch davor,
schließt die Augen zu und gähnt,
schnarcht bald, dass die Erde dröhnt.

Aber erst im Morgengrauen
wagt der Schnüffler hochzuschauen,
lauscht und lauscht, schlägt Kreuze, dann
kriecht er mäuschenstill heran,
zieht, fast mit der Fingerspitze,
flink die Feder aus der Mütze,
macht sich nach gelungnem Raub
wie ein Hase aus dem Staub.
Eben wird der Zar erst wach,
sieh, da stürzt in sein Gemach,
wirft sich nieder aufs Gesicht,
fleht und wimmert unser Wicht:
»Riesengroß ist meine Schuld,
doch auch deine hohe Huld,
lass mir nicht den Kopf abschlagen,
heiße mich die Wahrheit sagen!«
»Meinetwegen«, gähnt der Zar,
»sag sie, aber kurz und klar.
Weil du hübsch die Peitsche kriegst,
wenn du nur ein Wörtchen lügst.«
Unser Höfling schnappt nach Luft:
»Schwör dir bei des Heilands Gruft,
dass ich ohne Falsch berichte
und kein Tüftelchen erdichte!
Eine rare Kostbarkeit
hält Iwan seit langer Zeit,
freventlich versteckt vor dir!
Weder Gold- noch Silberzier,

 51

Majestät! Längst weiß es jeder –
eine Feuervogelfeder!«
»Was? Was sagst du? Eine Feuer …
Sowas! Das bezahlt er teuer!
Solch ein Schuft … Vor mir verstecken!
Soll dafür die Knute schmecken!«
»Aber er ist ganz gerissen,
hat noch mehr auf dem Gewissen!«
setzt der Höfling listig fort.
»Prahlt er doch mit frechem Wort,
er allein in aller Welt
könne dir als echter Held
auch den Feuervogel fangen,
würdest du es nur verlangen.«
Und mit tiefgekrümmtem Rücken,
mit den demutvollsten Blicken
reicht er seinen Raub aufs Bett –
und plumpst wieder aufs Parkett.

Lange starrt der Zar und staunt,
streicht den Bart dann wohlgelaunt,
beißt vom Kiel was ab (ob's schmeckt),
dreht und biegt die Feder, steckt
sie ins Schatzkästchen hinein –
jäh beginnt er nun zu schrein,
schwenkt die Faust mit aller Kraft:
»He! Den Buben hergeschafft!«
Und des Zaren Dienststafette

stürmt zum Ausgang um die Wette,
wo die Herrn zusammenprallen,
kräftig auf die Nasen fallen.
Majestät lacht herzhaft los,
denn das scheint gar zu kurios.
Da der Zar so ungeniert
sich darüber amüsiert,
kommt den Dienern in den Sinn:

Knallen wir doch nochmal hin!
Und schon zwinkern sie sich zu,
hechten aufs Parkett im Nu.
Das entzückt den Zaren so,
dass er jedem herzensfroh
gnädigst eine Mütze schenkt.
Zu den großen Ställen schwenkt
jetzt die Dienstschar voll Elan –
dröhnend schnarcht da noch Iwan.
Rasch die Stalltür aufgerissen,
schnell hinein und dienstbeflissen
nun den Schlafenden gerüttelt
und getreten und geschüttelt.
Eine gute halbe Stunde
schwitzt umsonst die ganze Runde,
bis ein Knecht gelangt zum Ziel
mit dem langen Besenstiel.
Aus dem süßen Schlaf gestört,
ruft Iwan, zutiefst empört:
»Meine Peitsche sollt ihr spüren!
Werdet dann die Lust verlieren,
mir den schönen Schlaf zu rauben!
Was sich Diener hier erlauben!«
»Majestät hat uns befohlen,
dich im Augenblick zu holen!«
»So, der Zar? Na dann … Ja, dann …
Doch zuerst kleid ich mich an,
wie es meinem Rang gebührt.«

Frisch gewaschen, frisch frisiert,
Gurt und Mantel reich verziert,
links die Peitsche angeschnallt,
schritt er zum Palast alsbald.

Keck, verwegen und adrett,
trat er vor das hohe Bett,
machte eine Prachtverbeugung,
doch trotz dieser Ehrbezeugung
schmollte er und blickte scheel:
»Zar, was soll dein Weckbefehl?«
Außer sich, schrie der Monarch,
zornverkniffnen Auges, barsch,
dass die Wände nur so schallten:
»Solche Frechheit! Mund gehalten!
Welchem meiner Staatsgesetze
folgst du, wenn du meine Schätze –
meines Feuervogels Feder –
meinem Blick entziehst? Entweder
bin ich unser großer Zar
oder nur so ein Bojar!
Jetzt verantwort dich, Barbar!«
Doch der Stallwart unterbrach
diesen Redefluss und sprach:
»Habe ich dir denn entdeckt,
was in meiner Mütze steckt?
Bist du etwa ein Prophet?
Lass mich peitschen, Majestät,

 55

lass mich fesseln, lass mich rädern,
ich weiß nichts von Feuerfedern!«
»Na, jetzt setzt es eine Tracht ...«
»Hab's doch klipp und klar gesagt:
Ich weiß gar nichts! Schön, erklär –
wo hätt ich das Wunder her?«
Doch der Zar, der langte nach
seinem Schatzkästchen und sprach:
»Was? Du wagst noch? Leugnest noch?«
Langsam ging der Deckel hoch.
Da begann Iwan zu zittern
wie ein Blatt in Sturmgewittern,
dass die Mütze von dem Schock
wie ein Ball zu Boden flog.
»Hast nun Angst, was? Solch Verbrechen
muss ich ohne Nachsicht rächen ...«
»Gnade! Wenn du Gnade übst,
wenn du diesmal mir vergibst,
wirst du nie, das kann ich schwören,
eine Lüge von mir hören!«
Und er folgte seiner Mütze –
warf sich auf die Nasenspitze.
»Schön. Voll Sanftmut und Geduld
Schenk ich dir nochmal die Schuld.
Doch ich bin von Zorn erfüllt,
und da werd ich manchmal wild,
und ich lasse manchen Schopf
abschneiden mitsamt dem Kopf.

Bin ein Kerl in meiner Wut,
siehst du? Also, kurz und gut:
Wie ich hör, hast du geprahlt,
du seist kühn und könntest bald,
würde ich es nur verlangen,
mir den Feuervogel fangen.
Glaub nur nicht, du könntst dich drücken!
Vorwärts, tu's, und keine Zicken!«
Doch Iwan sprang auf und schrie:
»Sowas sagte ich ja nie!«
Wischt den Angstschweiß vom Gesicht:
»Nun, die Feder leugn' ich nicht,
doch vom Vogel – das ist ganz
dummes Zeug und Firlefanz.«
Wild erbebte da der Zar:
»Was? Noch streiten? Wunderbar!«
Nun begann er schier zu kochen:
»Wenn du, Flegel, in drei Wochen
mir den Feuervogel nicht
bringst vors gnädge Angesicht,
sollst du's hinterm Gitter büßen,
oder nein, ich lass dich spießen!
Und ich schwör's bei meinem Bart!
Raus!« Iwan war ganz erstarrt,
heulte los – und machte kehrt,
lief zu seinem Höckerpferd.

Als das Tier sein Nahen fühlte
tanzte es und sprang und spielte –
als es dann die Tränen sah,
war es selbst dem Weinen nah.
»Was bedrückt dich so, mein Lieber,
warum wirst du trüb und trüber«,
fragt es bang zu seinen Füßen.
»Sag, was konnt dich so verdrießen?
Hat ein Übel dich befallen?
Fielst in eines Schurken Krallen?
Hast du mir ohn Hehl gesagt,
welches Leid dich quält und plagt,
was du auf dem Herzen hast,
dann erleichtre ich die Last!«

Wie Iwan da voller Dank
seines Freundes Hals umschlang!
»Ach, ein Unglück ist geschehen,
denn der Zar hat sie gesehen,
meine Feder, und befohlen,
ihm den Vogel gleich zu holen.
Fehl ich, spießt er mich dafür!«
Nun, da sagte ihm das Tier:
»Deine Not ist ungeheuer,
doch ich geh für dich durchs Feuer!
Weißt du noch, wie alles kam,
all dein Kummer, all dein Gram?
Damals, bei der Fahrt zur Stadt
gab ich dir den guten Rat:
Ist's dir um dein Glück zu tun,
lass die Feuerfeder ruhn –
nimmst du sie, so ist kein Frieden
dir für lange Zeit beschieden!
Jetzt wohl ist dir endlich klar.
was an dieser Warnung war.
Doch der Dienst ist ja nicht schwierig.
Einen echten Dienst, den führ ich
einmal noch für dich, Freund, aus!
Sei's denn! Geh zum Zarenhaus,
um das Nötigste zu fordern:
Mag der Zar zwei Sack beordern
bester Hirse, weiß und fein,
und auch guten fremden Wein.

 59

Sag, es müsse schleunig sein,
denn schon morgen, eh es tagt,
geht's zur Feuervogeljagd!«
Dreist betritt Iwan das Haus,
und er fordert gradheraus:
»Herrscher, ich beding mir aus
zwei Sack Hirse, weiß und fein,
dazu guten fremden Wein.
Aber schleunig muss es sein,
denn schon morgen, eh es tagt,
geht's zur Feuervogeljagd!«
Auf das Machtwort des Monarchen
hasten Diener aller Chargen,
damit stracks beschaffen werd,
was Iwan der Tropf begehrt.
Und auf väterliche Weise
wünscht der Zar ihm gute Reise!

In der Früh – noch graut es schwach –
stößt das Pferd den Jungen wach:
»Auf, Freund! Ausgeschnarcht! Genug!
Auf zum Feuervogelzug!«
Und mit Blitzgeschwindigkeit
macht Iwan sich fahrtbereit,
nimmt die Hirse, nimmt den Wein,
hüllt sich in den Schafpelz ein,
streichelt seinen lieben Wecker,
setzt sich zwischen beide Höcker –

einen Brotlaib unterm Hemde,
zieht er ostwärts, in die Fremde,
zieht zum Feuervogelfang …
Er ritt sieben Tage lang.
Erst am achten, tief im Wald,
machte Höckerpferdchen halt.
Und es nickt in Sonnenrichtung:
»Siehst du dort die ferne Lichtung?
Auf der Wiese ragt ein Berg,
er ist pures Silberwerk.
Dorthin schweben in der Regel
tief bei Nacht die Feuervögel,
trinken an der kühlen Quelle …
Lauern wir an jener Stelle!
Einer soll uns nicht entfliehn!«

Und hinaus aufs Wiesengrün
sprengt das Pferd im Jubeltanz.
Frühlingsrausch! Smaragdenglanz!
Welch ein Bild! Die Winde ziehen
durch das Gras, dass Funken sprühen,
traumhaft schöner Blumen Glut
mischt sich in die grüne Flut.
Und in diesem Zauberreich
hebt sich meereswogengleich
über all der Pracht ein Berg –
er ist pures Silberwerk.
Lichte Abendglorie malen

dran die reinen Sonnenstrahlen,
jeder Spalt glüht golden rot,
und die Spitze schmilzt und loht.
Über Hang und Fels bergan
trägt das Höckerpferd Iwan.
Als der Gipfel schon in Sicht,
bleibt's bedächtig stehn und spricht:
»Nun, mein Freund, bald wird es Nacht.
Hör auf mich, und hab gut acht!
In den Trog hier gieß den Wein,
tu die Hirse dann hinein.
Dass der Schwarm dich nicht entdeckt,
halt dich hübsch beim Trog versteckt!
Dann, Freund, gilt es, aufzupassen
und sich nichts entgehn zu lassen!
Eh das Frühlicht aufgezogen,
kommt der Feuerschwarm geflogen.
Das wird flattern, schwirren, schrein!
Jeder Vogel trinkt vom Wein –
kommt dann einer in die Nähe,
sieh, dass er dir nicht entgehe!
Hast du ihn gepackt, mein Junge,
brüll nur los aus voller Lunge,
hurtig komm ich angesprengt!«
»Schön, doch wenn er mich versengt?«
»Ja, das stimmt, dann schmerzt es tüchtig.
Hast du Handschuhe? Ist richtig!«
Plötzlich ist das Pferdchen weg.

Und Iwan schleicht zum Versteck,
wo er, hinterm Trog gekauert,
auf die Feuervögel lauert.
Mitternacht mag's grade sein,
fern erstrahlt ein kalter Schein.
Und urplötzlich ist die Welt
wie vom Mittagslicht erhellt.
Aber schau, dem Vogelheer
mundet Wein mit Hirse sehr –
jeder labt sich, kreischt gar schrill …
Nun, Iwan liegt mäuschenstill,
guckt und guckt und staunt und staunt,
fasst sich an den Kopf und raunt:
»Höllenbrut, verdammt nochmal!
Was für eine Riesenzahl!
Wohl ein halbes Hundert gleich!
Ja, da wär ich richtig reich,
könnt ich alle hier erjagen.
Teuflisch schön, das muss ich sagen!
Diese purpurroten Beine, –
und die Schwänze erst – ich meine,
sowas gibt's bei Hühnern nicht!
Und das Licht, das Licht, das Licht –
wie in Vaters Ofenfeuer!
Alles nicht so ganz geheuer,
aber mir ist gar nicht bange!«
Und er kriecht wie eine Schlange
hin zum Trog … noch ein Moment,

 65

da erwischt er schon behend
einen Vogelschwanz und brüllt,
siegestoll und freudenwild:
»Höckerpferdchen! Aber schnell!
Schau, da ist er, der Gesell!«
Schon steht, eh er sich's versah,
Höckerpferdchen vor ihm da:
»Ja, Iwan, ein Meisterstreich!
Tu ihn aber, Freund, sogleich
in den Sack rein, bind im Nu
auch den Sack gehörig zu!
Bist ein Held, ein Prachtkerl heute!
Doch nun heimwärts mit der Beute!«
»Wart noch, diese ungescheuchten
Satansvögel, die so leuchten
und sich heiser schrein vor Wut,
treib ich fort, die ganze Brut!«
Schwingt den Sack schon hin und her,
dreht und schwenkt ihn kreuz und quer.
Grelle Feuerstreifen steigen
wolkenhoch in wildem Reigen,
ängstlich schließen sich die Flammen
dort zu einem Ball zusammen
und entfliehen. Wie besessen
droht und schreit Iwan indessen,
als bespritzt man ihn mit Lauge –
da entschwinden sie dem Auge.
Willig und voll Sorgsamkeit

macht Iwan sich nun bereit,
schnallt die Beute fest und kehrt
heim auf seinem treuen Pferd.
Stolz tritt er ins Schloss dann ein.
»Ist der Feuervogel mein?«
fragt der Zar mit Spott, und bieder
blickt er auf den Schnüffler nieder.
Der zerbeißt in stiller Wut
sich die Hände bis aufs Blut.
»Na, was glaubst du? Selbstverständlich!«
prahlt Iwan. »Dann zeig ihn endlich!«
»Nur Geduld! Es tut mir leid,
doch ich brauche Dunkelheit.
Im Gemach und in den Gängen
lass die Fenster erst verhängen!«
»Gut!« Dem Zaren leuchtet's ein,
und schon winkt er den Lakai'n,
die nach rechts und links nun schießen,
alles lichtdicht abzuschließen.
Auf den Tisch jetzt mit dem Sack!
»Gleich beginnt der Schabernack.
Das ist mehr als eine Feder!«
Und er löst die Schnur – und jeder
schlägt die Hände vors Gesicht:
Rings erstrahlt das grellste Licht.
Doch der Zar, der heult vor Schrecken:
»Gott, es brennt an allen Ecken!
Feuerwehr! Die Feuerwehr!

 68

Wasser, Wasser, Wasser her!«
»Nein, es brennt doch nicht, i wo!
Nur der Vogel leuchtet so!«
ruft Iwan und lacht wie toll.
»Ist der Schatz nicht wundervoll?
Macht dir Spaß, mein Zar, nicht wahr?«
Da beruhigt sich der Zar:
»Ja, das war ein hübscher Scherz,
hat erheitert Kopf und Herz
und der Seele wohlgetan!
Du gefällst mir, Freund Iwan!
Weil ich mich so mächtig freute,
sei mein Leibjäger ab heute!«
Das nun hört der hochentstammte
hinterlistge Hofbeamte,
und er brummt sich in den Bart:
»Du erlebst noch etwas, wart!
Sicher hast du Galgenstrick
doch nicht immer solches Glück!
Ich erfind noch eine Schlinge,
dass ich dich ins Unglück bringe!«

Als drei Wochen so verstrichen,
saßen in des Zaren Küchen
einmal Köche und Lakaien
um den Tisch in losen Reihen,
lasen Volksbücher gemütlich,
taten sich am Met auch gütlich.

»Wisst ihr«, sagte da ein Koch,
»welch ein schönes Buch ich doch
heut von einem Freund erstand!
Gar nicht dick, doch interessant.
Nur fünf Märchen sind darin,
aber jedes hat auch Sinn!
So gescheit! So schön und innig!
Wirklich, ganz begeistert bin ich.«
»Bitte, bitte, Freund, erzähle!«
kam es rings aus ganzer Seele.
»Na, was würdet ihr gern hören?
Es sind fünf sehr hübsche Mären:
Die Geschichte von dem Biber?
Oder die vom Zaren lieber?
Oder von der wunderbaren
orientalischen Bojarin?
Die von Fürst Bobyl vielleicht?
Oder die … wie heißt sie … Gleich!
Hab's vergessen … Junge, Junge!
Na, es liegt mir auf der Zunge …«
»Lass, schon gut …« »Gleich fällt's mir ein!«
»Wohl von einem Mägdelein?«
»Ja! Wie konnt ich das vergessen!
Von der herrlichen Prinzessin,
von der Zarentochter fein!
Nun, welch Märchen soll es sein?«
Alle riefen: »Von der Schönen!
Denn von Zar und Zarensöhnen

haben wir genug gehört!
Diesmal, was das Herz begehrt!«
Würdig aufgestützt, begann
mit gewichtgem Ton der Mann:

»So am Weltrand ungefähr
liegt der Ozean, ein Meer,
drauf seit ungezählten Jahren
nur die Muselmänner fahren.
Nicht bei Sonne noch Gewitter,
weder Kaufleute noch Ritter –
nie besuchten gute Christen
diese gottverwünschten Küsten.
Reisende jedoch berichten
aus der Fremde von Gerüchten,
eine Maid leb dort am Strand,
die der Sonne eng verwandt
und des Mondes Tochter sei.

Und sie fahre stolz und frei
oft im Pelzkleid, purpurrot,
mit dem schönsten goldnen Boot
hin zum Sonnball, ihrem Bruder,
führe selbst das Silberruder
mit betörendem Gesang
zu der Gusli Zauberklang ...«

Plötzlich, hops, sprang jemand auf,
stürmte los in wildem Lauf,
dass er rings die Leute rammte –
seht, es ist der Hofbeamte!
Und er rast in aller Hast
durch den riesigen Palast,
ohne jemanden zu grüßen!
Wirft sich zu des Zaren Füßen:
»Riesengroß ist meine Schuld,
doch auch deine hohe Huld!
Lass mir nicht den Kopf abschlagen,
heiße mich die Wahrheit sagen!«
»Meinetwegen, leg schon los,
doch die reine Wahrheit bloß!«
brummt der Zar von seinen Kissen.
Und der Schnüffler tut beflissen:
»Als wir heute in der Küche
viele schöne fromme Sprüche
auf das Wohl von Majestät
wechselten beim süffgen Met
fiel dem Koch das Märchen ein
von dem Zarentöchterlein,
das am Meer des Prinzen harrt.
Und da schwor bei deinem Bart,
Zar, dein Stall- und Jägermeister –
nun, Iwan der Dummkopf heißt er –,
dass er diesen Vogel kennt,
wie er die Prinzessin nennt,

und ihn gern, wenn's dir genehm,
zu entführen unternehm!«
Nochmals plumpst er aufs Parkett.
»Den Iwan zu mir ans Bett!«
ruft der Zar und gähnt zugleich.
Und der schlaue Schnüffler schleicht
hintern Ofen, während man
alles absucht nach Iwan,
den man tief im Schlaf ergreift
und im Hemd zum Zaren schleift.
»Tja, mir wurde zugetragen«,
sagt der Zar, »du willst es wagen,
mir zur Lust und zum Vergnügen
noch ein Vöglein herzukriegen,
eine Meerprinzessin halt.
Hättest selber so geprahlt ...«
»Aber nicht doch! Gott behüte!«
ruft Iwan. »Du meine Güte!
Hätt ich etwa halb im Traum
sowas hingelallt? Na, kaum!
Du bist listig, aber nein,
mich, Zar, legst du nicht herein!«
Wild erbebt des Zaren Bart:
»Was? Noch streiten? Eine Art!«
Er beginnt erst recht zu kochen:
»Wenn du, Flegel, in drei Wochen
mir die Meerprinzessin nicht
bringst vor's gnädge Angesicht,

sollst du's hinterm Gitter büßen,
oder nein, ich lass dich spießen!
Und ich schwör's bei meinem Bart!
Raus!« Iwan ist ganz erstarrt,
heult gar bitter – und macht kehrt,
läuft zu seinem Höckerpferd.

»Was bedrückt dich so, mein Lieber,
warum wirst du trüb und trüber?«
fragt das Pferdchen, ihm zu Füßen.
»Sag, was konnt dich so verdrießen?
Hat ein Übel dich befallen?
Fielst in eines Schurken Krallen?«
Wie Iwan den Freund umschlingt
zärtlich an den Hals ihm sinkt!
»Ach, mir hat der Zar befohlen,
ihm die Meerprinzess zu holen!
Fehl ich, spießt er mich dafür!«
Tröstend spricht das gute Tier:
»Deine Not ist ungeheuer
doch ich geh für dich durchs Feuer!
Weißt ja noch, wie alles kam,
all dein Kummer, all dein Gram.
Doch der Dienst ist ja nicht schwierig
Einen echten Dienst, den führ ich
einmal noch für dich, Freund, aus!
Sei's denn! Geh zum Zarenhaus,
um das Nötigste zu fordern:

Mag der Zar zwei Stück beordern
Tücher feinster Qualität,
dann ein Zelt, mit Gold benäht,
dann ein fremdländisch Gedeck
und viel knuspriges Gebäck.«

Dreist betritt Iwan das Haus,
und er fordert gradheraus:
»Um die Meeresmaid zu fangen,
muss ich, Zar, zwei Stück verlangen
Tücher feinster Qualität,
dann ein Zelt, mit Gold benäht,
dann ein fremdländisch Gedeck
und viel knuspriges Gebäck!«
»Höchste Zeit auch, meiner Seel!«
sagt der Zar und gibt Befehl,
dass sofort beschaffen werd,
was Iwan der Tor begehrt.
Und auf väterliche Weise
wünscht der Zar ihm gute Reise!
In der Früh – noch graut es schwach –
stößt das Pferd den Jungen wach:
»Auf, Freund! Ausgeschnarcht! Es tagt!
Auf zur Meerprinzessinjagd!«
Und mit Blitzgeschwindigkeit
macht Iwan sich fahrtbereit,
nimmt die Tücher, nimmt das Zelt,
wohl das prächtigste der Welt,

das Gedeck und das Besteck
und das knusprige Gebäck,
füllt damit den Sack im Nu,
schnürt ihn voller Sorgfalt zu,
streichelt seinen lieben Wecker,
setzt sich zwischen beide Höcker –
einen Brotlaib unterm Hemde,
zieht er ostwärts, in die Fremde,
zieht zum Wundermärchenfang …

Er ritt sieben Tage lang.
Erst am achten, tief im Wald,
machte Höckerpferdchen halt.
Und es sprach, nach Ost gewandt:
»Schau, hier geht's zum Meeresrand,
wo die Allerschönste wohnt
unterm Schutz von Vater Mond.
Zweimal jährlich legt ihr Kahn
dort am hohen Ufer an.
Ihren Schritten weicht die Nacht …
Morgen gib dort sorgsam acht!«
Im Galopp trug es Iwan
nun zum offnen Ozean.
Eine Woge, weiß und breit,
spielte dort in Einsamkeit.
Freudig stieg Iwan vom Pferd,
das ihn mild und klug belehrt:
»Schlag hier auf dein goldnes Haus,

breite drin die Tücher aus,
drauf dein prächtiges Gedeck,
drauf das knusprige Gebäck.

Leg dich in den gelben Sand
und halt Umschau mit Verstand!
Siehst du dort? Schon kommt sie mitten
im Gewog herangeglitten!
Hat sie erst das Zelt entdeckt,
hat ihr unser Mahl geschmeckt,
wird sie sich zur Gusli neigen …
Dann musst du dich wendig zeigen,
hurtig in das Prunkzelt dringen
und die Schöne fest umschlingen,
dass sie sich nicht rühren kann!
Rufe mich sogleich heran,
und im Flug, mein Ehrenwort,
trage ich euch beide fort.
Nun, mein Lieber, wünsch dir Glück!
Lass sie ja nicht aus dem Blick –
solltest du den Schatz verschlafen,
harren deiner Höllenstrafen!«
Plötzlich ist das Pferd verschwunden.
Und Iwan liegt ein paar Stunden
hinterm Zelt im gelben Sand,
bohrt ein Guckloch in die Wand.

Um die helle Mittagszeit
kommt sie dann im Sonnenkleid,
tritt gar wohlgemut ins Zelt,
wo ihr das Gedeck gefällt.
»Was? Das wär die weit und breit

so gepriesne Märchenmaid?«
staunt der Junge. »Diese soll
einzig sein, so wundervoll,
dass das höchste Lob nicht reicht?
Ist sie auch nur hübsch vielleicht?
Blass und schmächtig! Wohl drei Zoll
nur die Hüfte – ist ja toll!
und der Fuß erst – nein, unmöglich! –
wie ein Hühnerbein, so kläglich!
Mag man Lobgesänge schreiben –
mir kann sie gestohlen bleiben!«
Sie hebt an, gar süß zu singen,
lässt die zarte Gusli klingen …
Er weiß nicht, wie ihm geschieht,
langsam sinkt sein rechtes Lid –
zu dem Klang, so still und rein,
schläft er seelenruhig ein.

Als die Himmelshöhn verglühten,
stieß ihn Höckerpferdchen wütend
mit dem starken, schweren Huf.
Ganz verärgert klang sein Ruf:
»Schlaf nur, bis die Hähne krähen!
Narr, um deinen Kopf wird's gehen!
Du, nicht ich, kommst auf den Pfahl.«
Zitternd, heulend, leichenfahl,
bat Iwan mit tiefster Reue,
dass sein Freund ihm doch verzeihe:

 79

»Sei nicht böse! Ich will schwören,
sollst mich nie mehr schnarchen hören!«
»Gott allein mag dir vergeben!«
sprach das Pferdchen. »Doch im Leben
hält das Glück ja zu den Toren –
und du bist noch nicht verloren,
machst du morgen alles gut!
Nur sei tüchtig auf der Hut!
Schon beim ersten Frührotstrahl
kommt die Schönste noch einmal;
wenn sie unser Zelt erspäht,
tritt sie ein, trinkt süßen Met.
Nun, verschläfst du dann dein Glück,
traurig wäre dein Geschick!«
Und das kleine Tier verschwand.
Eifrig sucht Iwan am Strand
nun nach scharfen Steinen, Nägeln,
Haken von versunknen Segeln –
was ins Fleisch so richtig dringt,
falls er doch in Schlaf versinkt.
Und im nächsten Morgenrot
gleitet uferwärts das Boot,
die Prinzessin steigt an Land
mit der Gusli in der Hand,
tritt ins goldne Prunkzelt ein,
nascht – und wähnt sich ganz allein …
Und sie singt und spielt so süß,
wohl ein Lied vom Paradies.

Friedlich lauscht Iwan, und wieder
sinken ihm die Augenlider.
»Was?« erschrickt er. »Wär gelacht!
Schlafen? Hast du dir gedacht!

Diesmal kommst du nicht davon!«
Er schnellt auf. Im Prachtzelt schon,
hält er kurz, um Mut zu schöpfen,
packt sie kräftig an den Zöpfen,
schreit: »Rasch her! Ich hab den Gast!
Komm, der Vogel ist gefasst!«
Schon steht Höckerpferd am Zelt:
»Heute, Freund, bist du ein Held!
Jetzt sitz hurtig auf und halt
deine Beute mit Gewalt!«
Wie sie in die Hauptstadt fegen,
läuft ihr schon der Zar entgegen,
führt sie an den Händen zart

 82

in das Schloss nach Ritterart.
Unterm seidnen Baldachin
nimmt sie Platz, und er ist hin –
spricht mit liebevollen Blicken
voll Verlangen und Entzücken:
»O du Schönste aller Schönen!
Lass dich gleich zur Zarin krönen!
Kaum erschien dein Engelsbild,
hat mich heißes Glück erfüllt!
Deines Auges Wundermächte
quälen mich im Schwarz der Nächte,
und die schönen hellen Tage
macht dein Zauberblick zur Plage.
Sag ein Wort voll Zärtlichkeit!

Sieh, der Priester steht bereit,
uns am Morgen zu vermählen,
und sodann in diesen Sälen,
in dem sonnenlichten Haus
leben wir in Saus und Braus!«
Doch die traumschöne Prinzessin
schweigt und grübelt unterdessen,
kehrt ihm stolz, in aller Ruh,
ohne Wort den Rücken zu.
Unser Zar zeigt keinen Ärger,
seine Liebe flammt nur stärker.
Auf das Knie daniederknickend,
zärtlich ihre Hände drückend,
setzt er seine Reden fort:
»Ach, nur ein, ein sanftes Wort!
Was hat dich so tief betrübt?
Etwa, dass mein Herz dich liebt?
O mein jämmerliches Los!«
Die Prinzess erwidert bloß:
»Willst du mich zur Frau, so bring
in drei Tagen meinen Ring,
der im Ozean begraben!
Sonst sollst du mich nimmer haben.«
»He! Holt mir sofort Iwan!«
fängt der Zar zu schreien an.
Seine Ungeduld ist groß:
Beinah läuft er selber los.

Wie Iwan im Saal erscheint,
räuspert sich der Zar und meint:
»So, noch eine Fahrt, Iwan!
Tief im großen Ozean
hat die herrliche Prinzessin
ihren schönen Ring vergessen.
Bring mir den, na, in drei Tagen –
werd dir keinen Lohn versagen!«
»Das ist doch ein bißchen hart!
Sieh mal, von der ersten Fahrt
schmerzen mir noch alle Glieder«,
stöhnt Iwan, »und nun schon wieder?«
»Was?« brüllt da der Zar empört.
»Hast du Faulpelz nicht gehört?
Rasch, ich will die Ehe schließen!«
Wütend stampft er mit den Füßen.
»Glaub nur nicht, du kannst dich drücken!
Vorwärts, los, und keine Zicken!«
Langsam auf den Ausgang zu
geht Iwan. »Moment mal, du«,
hört er die Prinzessin sagen,
»hab dir noch was aufzutragen.
Kommst du zum Smaragdpalast,
mach bei meinem Vater Rast,
grüß und sag, ich sterbe schier
vor Betrübnis, weil er mir
schon drei Tage und drei Nächte
nicht sein Antlitz zeigen möchte

 85

und weil meines Bruders Rot
nicht am hohen Himmel loht,
weil er mir sein liebes Bild
ganz mit düsterm Grau verhüllt.
Merkst du dir's?« fragt die Prinzess.
»Sicher, wenn ich's nicht vergess.
Vater, Bruder – wenn ich wüsst,
wer denn das nur alles ist!«

»Nun, mein Vater ist der Mond,
der im Himmelsschlosse thront,
Bruder ist der Sonnenball –
weiß man das nicht überall?«
»Und vergiss nicht: In drei Tagen,
Kerl, sonst geht's dir an den Kragen!«
schreit und stampft der Bräutigam.
Blass vor Müdigkeit und Gram,
seufzt der Junge still, macht kehrt,
läuft zu seinem Höckerpferd.

»Was bedrückt dich so, mein Lieber?
Warum wirst du trüb und trüber?«
fragt das Pferdchen, tief bekümmert.
»Hilf, Freund! Es wird immer schlimmer.
unser Zar ist ganz von Sinnen –
mit der Meerprinzess, der dünnen,
will er stracks die Ehe schließen!
Und er sagt, ich werd es büßen,

wenn ich ihr nicht schleunigst bring
ihren gottverwünschten Ring,
der im Ozean begraben!
Und ich soll, so will sie's haben,
ihrem Vater noch, dem Mond,
im Smaragdschloss, wo er wohnt,
Grüße und manch andres sagen …
Und das alles in drei Tagen!«
»Nun, der Dienst ist ja nicht schwierig.
Einen echten Dienst, den führ ich
einmal noch für dich, Freund, aus!
Doch nun schlafen! Geh nach Haus,
denn wir reiten, eh es tagt,
hin zum Traumschloss aus Smaragd!«

In der Frühe zieht Iwan
seinen warmen Schafpelz an,
steckt drei Zwiebeln in die Taschen,
um sie unterwegs zu naschen,
setzt sich auf das Pferd gar kühn,
um zum Ozean zu ziehn,
zu des Monds smaragdnem Hause …

Aber jetzt mal eine Pause!
Meine Mär soll auch im weitern
jeden guten Freund erheitern.
Ich erzähl noch einen Haufen,
doch erst muss ich mal verschnaufen

3. Teil

*Bis jetzt hat Makar überm Kohlbeet geschwitzt,
doch heute Makar im Woiwod-Sessel sitzt.
(Russisches Sprichwort)*

Ta-ra-ra-li, ta-ra-ral!
Pferde liefen aus dem Stall,
Bauern haben sie gefangen,
binden sie an feste Stangen;
auf der Eiche, im Geäst
sitzt ein Rabe da und bläst
die Trompete, die Posaune,
macht den Christen gute Laune:
»Liebe Leute, hört, es war
mal ein altes Ehepaar.
Ach, der Alte liebte Witze
und die Alte Geistesblitze,
immer war ein Schmaus bestellt
für die ganze Christenwelt!«
Hört die Vorsprüche geduldig,
bleib das Märchen euch nicht schuldig!
Eine Fliege, die nicht fliegt,
singt an unserm Tor vergnügt!
»Leute, hört ein Liedchen, hört!
An den höllenheißen Herd
band die Schwieger, tief verehrt,
ihre Schwiegertochter wert,
band mit einer festen Leine

auch die Hände an die Beine,
zog ihr aus den rechten Schuh
und belehrte sie dazu:
Sollst nicht durch das Frühlicht gehen,
dass dich junge Burschen sehen!«
Das nun wär das Vorwort jetzt
unsre Mär zuguterletzt.

Also reitet Freund Iwan
zum gewaltgen Ozean.
Rastlos schwingt das Pferd, das kleine,
seine windgeschwinden Beine –
wohl nach hunderttausend Werst
holt es etwas Atem erst.

Bald ist schon die See in Sicht.
Da erst hebt's den Kopf und spricht:
»So. Wir kommen jetzt in guten,
will ich meinen, drei Minuten
zu dem vielgerühmten Strand,
zu des großen Meeres Rand.
Schau, ein Riesenwal liegt quer
über diesem großen Meer.
Seit zehn Jahren muss er hier
furchtbar leiden, doch wofür,
hat er nie erfahren können.

Seinen Freund wird er dich nennen,
flehen, dass du ihm Verzeihung
und endgültige Befreiung
auswirkst hoch am Sonnenort.
Du versprich's! Und halt auch Wort!«

Und sie sprengen an den Strand,
an des großen Meeres Rand.
Und der Riesenwal liegt quer
über diesem großen Meer:
Durch die Flanken stoßen Klippen,
Zäune stecken in den Rippen,
Dörfer ragen auf dem Rücken,
die das Rückgrat schier zerdrücken,
Wälder rauschen auf dem Schwanz,
um die Augen johlt ein Tanz,
Bauern eggen auf den Lippen,
zwischen seinen Schnurrbartstrippen
steht ein ganzer Hain aus Buchen,
wo die Mädchen Pilze suchen.

Höckerpferd fliegt ungestüm
auf das arme Ungetüm,
bitter seufzt der Walfisch und
öffnet seinen Riesenschlund:
»Guten Ritt, die werten Herrn!
Woher seid ihr? Reist ihr fern?«
»Wir sind aus der Zarenstadt,

und die Meerprinzessin hat
uns entsandt zum Sonnenball.
Sein Palast, verehrter Wal,
strahlt ja schon im Ost dort drüben!«
»Eine Bitte dann, ihr Lieben!
Könnt ihr nicht im Himmel fragen:
Muss ich dies noch lang ertragen?
Und für welche Sünden zahl
ich mit dieser Höllenqual?«
»Gut, ich mache, was ich kann.
Das versprech ich!« ruft Iwan.
Doch der Wal fährt fort zu klagen:
»Schon zehn Jahre solche Plagen!
Schon zehn Jahre grimmen Leids!
Freund, gern will ich meinerseits,
kannst du meine Schmerzen stillen,
jeden Wunsch dir gleich erfüllen!«
»Sicher, sicher, lieber Wal!«
ruft Iwan da noch einmal.
Flink springt nun das Pferd ans Ufer,
und schon wirbeln seine Hufe
einen ganzen Sandsturm auf
bei dem vogelschnellen Lauf.

Ob sie über Wiesen zogen,
ob sie durch die Lüfte flogen,
ob es nah war oder weit –
tja, da weiß ich nicht Bescheid.

Leicht erzählt ist eine Mär,
auf die Wahrheit kommt man schwer.
Hier verbürg ich jedes Wort:
Sie gelangten an den Ort,
wo (ich hört's von meinem Neffen)
Erd- und Himmelsrand sich treffen,
so dass dort die Bauersfrauen,
wenn sie nach dem Essen schauen,
ihre Spinnrocken deswegen
einfach auf den Himmel legen.

Noch ein letzter Abschiedsblick
flog zur Erde nun zurück,
dann ein Pfiff, und Held Iwan
galoppierte himmelan.
Keck aufs Ohr gerückt die Mütze,
fürstlich bis zur Zehenspitze,
sprach er: »Wunder-, wunderbar!
unser Zarenreich ist zwar
nicht grad arm an Herrlichkeiten –
aber diese blauen Weiten,
diese Fluten goldnen Lichts!
Na, da ist die Erde nichts
als ein schmutzger Fußabtreter.
Und die Luft hier, Donnerwetter!
Aber keine Spur von Staub!
Sowas! … Doch, mein Freund, ich glaub
drüben in den Himmelshöhen

einen Zauberglanz zu sehen,
einen ganz besondren Schein …
Mag's ein Traumschloss etwa sein?«
»Was du da gesichtet hast,
ist der Meerprinzess Palast –
jener, die du kühn entführt,
die nun bald bei uns regiert!
Wird der Sonnball abends müde,
legt er sich da drüben nieder,
und um Mittag ist der Mond
an ein Schläfchen dort gewohnt.«

Würdig reiten sie am Tor
des Smaragdpalastes vor.
Aus dem edelsten Kristalle
leuchtet dort die Säulenhalle,

mit gewundnem Gold verschönt,
mit drei Sternen stolz gekrönt;
nie gesehne Gärten blühen
rings wie lichte Phantasien;
dort an Silberzweigen schweben
Käfige aus Goldgeweben;
und in Paradiesgefieder
flöten Vögel Zauberlieder.
Viele prächtge Säle fasst
der erhabene Palast,
drüber strahlt in alle Fernen,
schön gefügt aus echten Sternen –
jede Christenseele freut's –
wie daheim das heilge Kreuz.

Von dem Pferdchen abgesessen,
wandelt unser Held gemessen
durch den Glanz mit stolzem Schritt,
bis er vor den Schlossherrn tritt:
»Sei gegrüßt, Mond Mondessohn!
Bin entsandt an deinen Thron
aus des Zaren fernem Land,
heiß Iwan, der Tropf benannt.«
»Setz dich denn, Iwan der Tropf!«
nickt der Mond mit greisem Kopf.
»Sag mir mal, aus welchem Grunde
hast du dich zu guter Stunde
mit dem kleinen Höckerpferde

aufgemacht von deiner Erde
her ins Lichtreich, junger Mann?
Welchem Volk gehörst du an?
Wie hast du den Weg gefunden?
Sag mir alles unumwunden!«
»Wir sind aus dem Reich der Christen.
Und zur Reise musst ich rüsten«,
spricht Iwan und setzt sich hin,
»auf Befehl der Herrscherin.
Hat mir Grüße aufgetragen,
auch – Moment mal! – dir zu sagen:
Vor Betrübnis sterb sie schier,
weil der teure Vater ihr
schon drei Tage und drei Nächte
nicht sein Antlitz zeigen möchte
und weil ihres Bruders Rot
nicht am hohen Himmel loht,
weil er ihr sein liebes Bild
ganz mit düsterm Grau verhüllt.
Ja, so war's wohl. Von dem allen
konnt mir leicht ein Wort entfallen,
denn mit solchen schönen Reden
übertrumpft die Maid ja jeden.«
»Und wie heißt sie? Auch vergessen?«
»Aber nein! Die Meerprinzessin.«
»Was? Die Meerprinzessin? Bist
etwa du der schlaue Christ,
der die Tochter mir gestohlen?«

»Ja, na sicher. Doch befohlen
hat es mir mein Herr, der Zar.
Bin sein Leibjäger, nicht wahr,
und er war auf die Prinzessin
ja urplötzlich wild versessen!
Gab mir nur drei Wochen Frist,
ja, und drohte mir, ich müsst
sonst im Kerker furchtbar büßen,
oder nein, er würd mich spießen!«
Doch da stutzt er: Was ist bloß
mit dem Mond auf einmal los?
Seine warmen, tränenfeuchten,
liebevollen Augen leuchten,
er umarmt und küsst den Gast:
»Wie du mich getröstet hast!
Jetzt bin ich wie neu geboren!
Glaubte ich sie doch verloren,
meine heißgeliebte Tochter!
Siehst du, Fremdling, deshalb mochte
ich drei Nächte und drei Tage,
ganz in Trauer und in Klage,
gar nicht schlafen, essen, trinken,
nicht mal durch die Wolken blinken.
Deshalb hat mein Sohn sein Bild
so mit düsterm Grau verhüllt,
hat den Meeren und dem Land
keinen warmen Strahl gesandt
Gram und Wehmut war der Grund.

 98

Aber ist sie auch gesund?
Muss sie, ferne von uns beiden,
nicht ganz ungeheuer leiden?«
»Tja, bei allen Himmelsgaben
muss sie wohl die Schwindsucht haben.
Wolle Gott, dass ich mich irr!
Doch sie ist ja spindeldürr.
Ihre Taille – kaum drei Zoll!
Doch vielleicht wird sie hübsch voll,
ist sie erst des Zaren Frau.
In drei Tagen, ganz genau,
schließen beide ja die Ehe.«
»Was? Na, das ist ja die Höhe!
Dieser alte Knasterbart
will ein Mädchen, jung und zart?
Freund, da kannst du Gift drauf nehmen:
Diesen Wicht wird sie beschämen!
Dass der dumme alte Knabe
sich an fremden Früchten labe?
Nein, das wäre doch gelacht!«

Nun beginnt Iwan ganz sacht:
»Mond, ich möcht um etwas bitten.
Heute kam ich froh geritten
an das schöne große Meer,
plötzlich stöhnt's da, dumpf und schwer.
Na, ich guck – ein Riesenwal!
Schaudervoll ist seine Qual.

Durch die Flanken stoßen Klippen,
Zäune stecken in den Rippen …
Und mit Seufzern, und mit Klagen
bat der Ärmste, dich zu fragen:
ob das Maß nicht endlich voll,
was er tun und lassen soll,
dass der Himmel ihm vergebe,
und weshalb er denn so lebe.«
Gütig lächelnd, spricht der greise
Mond auf väterliche Weise:
»Ich erfand all diese Qualen,
ihm die Fresssucht heimzuzahlen –
er hat ohne Gotts Geheiß
dreißig Schiffe einst verspeist!
Lässt er diese Schiffe frei,
ist auch seine Not vorbei,
Gott kuriert ihn flugs – nachdem
lebt er wie Methusalem!«

Als Iwan den Mond voll Dank
für den freundlichen Empfang
kräftig, wie ein Sohn umfangen
und geküsst auf beide Wangen,
sagt in gutgelauntem Ton
ihm der Mond und Mondessohn:
»Na, es hat mich sehr gefreut!
Meiner Tochter gib Bescheid,
dass der alte Mond sie segnet,

dass nichts Schlimmes ihr begegnet –
und sie soll sich nicht so grämen,
soll es nicht so tragisch nehmen,
sie vertrau auf ihren Vater,
und bald endet dies Theater:
Keine alte Runzelhaut,
nein, ein Jüngling, wohlgebaut,
stark und fröhlich, strahlend schön,
wird ihr Mann sein … Wiedersehn!«
Ganz nach Ritterart verneigt
sich Iwan, entfernt sich, steigt
auf sein Pferdchen, und im Trab
reitet stolz er himmelab.

Als der nächste Tag begann,
war Iwan am Ozean.
Hoch auf Walfischs Rücken, sprang
Pferdchen über Berg und Hang.
Und der leidgeprüfte Wal
sah schon einen Hoffnungsstrahl:
»Liebe Brüder, sagt mir offen,
darf ich auf Erlösung hoffen?«
Doch das Pferdchen gab zurück:
»Wart noch einen Augenblick!«
Schoss ins Dorf auf schnellen Hufen,
alle dort zum Markt zu rufen
aus den Häusern, aus den Läden
heftig auf sie einzureden:

»Hört mich an, ihr Christenleute!
Wer nicht Lust hat, gleich als Beute
irgendeines Wasserrecken
in den Tiefen da zu stecken,
sammelt, was ihr könnt, und flieht,
weil ein Wunder hier geschieht!
Kochen wird das Meer ringsum,
und der Walfisch wälzt sich um!«
Und die Bauern, gute Christen,
eilten fort, zur Flucht zu rüsten –
schwache Frau und starker Mann
kreischte: »Rette sich, wer kann!«
Um im Husch davonzujagen,
türmten sie auf ihre Wagen
Hausrat, Möbel und Gepäck –
sausten dann vom Walfisch weg.
Kaum ein Stündchen war vorbei,
und es schien, als ob Mamai
durch das Land gezogen wär:
alles öde, menschenleer!
Dennoch lief das Pferd im Trab
nochmals Schwanz und Flossen ab.
Und es sprach zuletzt zum Wal:
»Riesenwalfisch, hör einmal!
Du verschlangst im Meergebraus
manch ein Schiff mit Mann und Maus.
Willst du, dass dir Gott verzeih,
lass die armen Schiffe frei!

Schau, in wenigen Sekunden
heilt dir Gott dann alle Wunden,
stillt die Schmerzen – und nachdem
lebst du wie Methusalem!«
Sprach's und zog mit starken Bissen
an den Fesseln, dass sie rissen.
Blitzgeschwind und mit Geschick
sprang's ans Seeufer zurück.
Wie sich da der Walfisch regte,
dröhnend auf die Seite legte!
Und das Meer begann zu wogen:
Aus des Riesen Rachen flogen

dreißig Schiffe wimpelbunt,
jede Mannschaft kerngesund!
Wie's da donnerte und krachte,
dass der Meeresgott erwachte!
Bronzene Kanonen dröhnten,
silberne Trompeten tönten.
Wie sich weiße Segel blähten,
leuchtend blau die Flaggen wehten!
Popen mit beseelten Chören
sangen Hymnen Gott zu Ehren.
Und mit rechter Lebenslust
kam's aus jeder Seemannsbrust:
»Übers Meer, ja übers Meer
zieht der Wimpel buntes Heer,
tausend schöne Schiffe gleiten
wohl über die Meeresweiten …«

All die Segel auf den hohen
Wellen waren bald entflohen,
und der riesengroße Wal
schrie so laut wie Donnerhall –
bergeshoch und kesselrund
war sein aufgesperrter Schlund:
»Bin erlöst von meinen Qualen!
Wie kann, Freunde, ich euch's zahlen?
Soll ich flugs nach Perlen tauchen?
Könnt ihr prächtge Muscheln brauchen?
Habt ihr goldne Fische nötig?

Was ihr fordert, alles tät ich!«
Beide, Pferd und Reiter, riefen:
»Hol den Ring doch aus den Tiefen –
jenen, den die Meerprinzessin
hier im Ozean vergessen!«
»Aber Bitte! Kleinigkeit!
Für den Freund bin ich bereit,
mir ins eigne Ohr zu beißen
und den Ohrring auszureißen!
Bis die Sonne fortzieht, bring
ich euch den gewünschten Ring!«
sprach der Riesenwalfisch und
tauchte auf den Meeresgrund.

Und mit aller Stimmgewalt,
dass es nur so hallt und schallt
durch die ganze Welt der Meere,
ruft er jetzt das Volk der Störe.
»Fische, hört! Noch diesen Morgen
müsst ihr mir den Ring besorgen,
der, wenn mich nicht alles trügt,
tief in einem Kasten liegt.
Wer ihn herbringt, meine Störe,
macht bei mir im Nu Karriere –
Hofrat ist er morgen schon.
Herrlich, was, solch Finderlohn?
Aber solltet ihr versagen,
geht's euch allen an den Kragen.«

Köpfe neigend, ohne Wort,
schwimmen sie gehorsam fort.
Stunden fliehen, Stunden hasten –
keine Spur von Ring und Kasten.
Zitternd wählt der Rat der Störe
schließlich zwei Parlamentäre,
den Gebieter aufzusuchen:
»Herrscher! Du darfst uns nicht fluchen!
Wir durchzogen alle Schluchten,
alle Löcher, alle Buchten,
und wir fanden vieles, nur
von dem Kasten keine Spur.
Hilfe, glauben nun die meisten,
könnt allein der Kaulbarsch leisten:
Dieser rastlose Geselle
kennt im Meer ja jede Stelle.
Aber wenn nur jemand wüsst,
wo er selber wieder ist!«
»Schnell doch, findet mir den Wicht,
bringt ihn vor mein Angesicht!«
brüllt der Wal und lässt die hohen
Schnurrbartspitzen zornig drohen.
Beide huschen wie der Blitz
zu dem nächsten Richtersitz,
poltern los: Der Ordnungshüter
hat, so will es der Gebieter,
schleunigst einen offiziellen
Haftbefehlschein auszustellen,

eine Fahndung vorzuschreiben,
um den Kaulbarsch aufzutreiben!
Da geht's ruck und zuck: Behend

schreibt der Wels das Dokument,
und der Brachsen (Amtsrat hier)
unterzeichnet das Papier,
und mit aller seiner Kraft
drückt der Krebs den Stempelschaft.
Und schon gibt man zwei Delphinen,
die im Meer als Häscher dienen,
den höchstgnädigen Erlass
mit der strengen Weisung, dass
sie den rastlosen Gesellen
und berühmten Raufbold stellen,
wo er immer auch versteckt,
unterhaken – und direkt
ohne Federlesens ihn
zum erlauchten Walfisch ziehn.

Und sie suchten Stund um Stunde
ganz wie Polizeispürhunde
in den Meeren, Flüssen, Seen,
bei Medusen, Wasserflöhen,
Krabben, Seesternen, Langusten,
die vom Kaulbarsch auch nichts wussten,
selbst bei Fröschen und bei Kröten,
bis sie schließlich nur noch spähten,
trüben Sinns und resigniert,
wo der Weg nach Hause führt …

Plötzlich hörten da die zwei

einen herzensbangen Schrei,
aus dem Pfuhl schien er zu kommen:
Kehrt, und rasch dahin geschwommen!
Seht! Der Kaulbarsch schlägt im Teich
die Karausche windelweich!
»Lass sie los, du Tagedieb!
Halt! Sonst setzt es einen Hieb –
da vergehn dir gleich die Sinne!«
drohn dem Kaulbarsch die Delphine.
»Teufel! Was mischt ihr euch ein?«
fängt der Streithahn an zu schrein.
»Weg! Mit mir ist nicht zu scherzen!
Stech ich, jammert ihr vor Schmerzen!«
»Untersteh dich! Halt den Mund,

du verdammter Vagabund!
Immer nur umherzustreifen,
alle Fische anzugreifen,
Raufen ist dein liebstes Gaudi.
Jetzt komm aber mit, du Rowdy,
keine Zeit ist zu verlieren,
müssen dich zum Herrscher führen –
hier der Schein, vom Blei signiert,
der dich vor den Wal zitiert!«
Und sie nehmen wie mit Riemen
diesen Nichtsnutz bei den Kiemen.
Doch der Kaulbarsch wehrt sich wild,
sucht sich loszureißen, brüllt:
»Liebe Brüder, habt Erbarmen,
habt doch Mitleid mit mir Armen!
Müsst mich zur Karausche lassen,
ihr noch eine zu verpassen!«
Und er zetert, wettert, schreit,
schmäht die Häscher lange Zeit,
aber endlich wird er heiser,
schimpft und brummt dann immer leiser …
Von den schweigenden Delphinen
mitgezerrt an beiden Kiemen,
steht er schließlich untertänig
vor dem Wal, des Meeres König.
»Wo bist du so lang geblieben,
hast dich, Schuft, herumgetrieben?«
fragt der Wal ihn schroff und harsch.

Einen Kniefall tut der Barsch:
Er bereue sein Vergehen,
möchte um Verzeihung flehen.
»Gott allein kann dir vergeben«,
grollt der Wal, dass alle beben,
»doch um seiner Gnade willen
musst du mein Gebot erfüllen.«
»O wie werd ich mich bemühen!«
piepst der Kaulbarsch auf den Knien.
»Du durchwanderst Meer und Grund
jahrelang als Vagabund.
Sicher sahst du unterdessen
mal den Ring der Meerprinzessin?«
»Na, gewiss doch! Augenblicklich
bring ich ihn, das macht mich glücklich!«
»Also! Dass du gleich verschwindest
und im Nu den Ring mir findest!«
Allertiefste Ehrfurcht zeigend
und sich krümmend und verneigend,
eilt der schlaue Schlingel schon
voller Diensteifer davon,
doch vergisst er nicht, den Plötzen
unterwegs eins zu versetzen,
ein paar ahnungslose Sprotten
zu verhaun und zu verspotten.
Lange braucht er nicht zu stieren,
um sich recht zu orientieren,
taucht urplötzlich auf den Grund,

und da ist auch schon der Fund –
dreißig Zentner mag er wiegen!
»Diesen Kasten hochzukriegen,
ist weiß Gott kein Kinderspiel!
Für mich selbst ein bisschen viel!«
Und er ruft durch alle Meere,
flugs die fleißgen Heringsheere.

Diese packen wie ein Mann
nun den schweren Kasten an,
und da stöhnt's und dröhnt's nur so
»U-u-uh!« und »O-o-oh!«
Ob sie ächzen, ob sie johlen
und sich Leistenbrüche holen –
nein, der Kasten, Höll und Pest,
sitzt wie angeschmiedet fest.
»Sowas«, schreit der Kaulbarsch wütend,
»euch verdammte schlappe Tüten
kann die Knute nur belehren!«
Und ruft gellend nach den Stören.

Aus den fernsten Wassern kommen
gleich die Störe angeschwommen,
ächzen nicht und johlen nicht,
doch das schreckliche Gewicht,
doch den Kasten mit dem Ring
heben sie geschickt und flink.
»Dank schön, Jungs, so hab ich's gern.

Bringt den Kasten nun zum Herrn!
Ich hab's eilig: will indessen
in der Tiefe Mittag essen
und danach im stillen Hafen
auch vielleicht ein bisschen schlafen«,
sagt der Kaulbarsch zu den Stören,
die gern glauben, was sie hören.
Sie gehorchen prompt und hasten
zum Gebieter mit dem Kasten.
Doch der Raufbold taucht sogleich
zur Karausche in den Teich.
Ob er sie noch arg geschlagen,
weiß ich leider nicht zu sagen,
war kein Zeuge doch dabei.
Schließlich ist's ja einerlei,
wo der Strolch umhergestreunt …
Jetzt zurück zu unserm Freund!

Dicht am großen Ozean
sitzt und brütet Freund Iwan
seufzt und seufzt vor Herzensqual,
wartet sehnlich auf den Wal.
Pferdchen selbst scheint abgespannt,
schlummert friedlich auf dem Sand,
während sich die Sonne neigt
und die ganze Welt rings schweigt
und wie Blumen, sanft und rein,
glüht der stille Abendschein.

»Dass den Wal der Teufel holt!
Hat er mich vielleicht verkohlt?«
meint Iwan und seufzt so tief.
»Oder ging vielleicht was schief?
Er versprach's doch hoch und heilig,
und nun hat er's gar nicht eilig?
Bis zum Sonnenuntergang
wollte er doch mir zum Dank …
Hat er wirklich nur gelogen?«
Da beginnt das Meer zu wogen,
drauf erscheint der Wal allmählich,
schwimmt heran und sagt gar fröhlich:
»Siehst du, Retter meines Lebens,
du vertraust mir nicht vergebens!
Schau, in diesem schweren Ding
liegt der Meerprinzessin Ring.«
Und der Kasten fliegt zum Strand –
da erbebt ringsum das Land,
und es scheint, die Erde wankt.
»So, jetzt hab ich mich bedankt.
Werd um deiner Wohltat willen
stets dir jeden Wunsch erfüllen –
brauchst du etwas, ruf mich nur!
Wiedersehn!« Und ohne Spur
ist der Wal in drei Sekunden
schon im Ozean verschwunden.
Pferdchen hebt verschmitzt die Lider,
springt jäh auf und reckt die Glieder,

blickt den Freund frohlockend an,
hüpft und tänzelt voll Elan:
»Danke, bester aller Wale!
Also war es kein Geprahle,
hast dich ohne Falsch bewährt,
wahre Freude uns beschert!
Nun, Iwan, ist's höchste Zeit.
Mach dich rasch zum Ritt bereit!
Die drei Tage sind vergangen,
und der Zar muss vor Verlangen
sicher schon im Sterben sein.«
Doch der Junge wendet ein:

»Dieses Ding nur hochzustützen,
müsst ich Reckenkraft besitzen.
Dreimal hab ich's schon probiert –
nicht vom Fleck hat sich's gerührt.
Tausend Teufel stieß der Wal
da hinein, verflucht noch mal!«
Doch als wär's ein kleiner Stein,
wirft das Pferdchen mit dem Bein
sich den Kasten auf den Rücken.
»Jetzt, Freund, schnell! Es muss uns glücken!
Was dir droht, ist ungeheuer.
Auch Sekunden sind nun teuer.
und du weißt ja selbst Bescheid:
Unser Weg ist schrecklich weit.«

Schon im frühen Morgengrau,
auf den Glockenschlag genau,
hält das Pferdchen vorm Palast.
Wie ein kleiner Junge fast
eilt voll Ungeduld der Zar
schon entgegen unserm Paar.
Freund Iwan, der spreizt sich tüchtig,
steigt vom Pferd und spricht gar wichtig:
»Ahnst du, was im Kasten liegt?
Doch du ahnst nicht, was der wiegt!
Ruf ein Regiment herbei –
der quetscht Satan selbst zu Breil!«
Auf Befehl des Zaren flitzen

gleich heran die Gardeschützen,
grade wohl ein Regiment.
Der Monarch indessen rennt
zu der heißersehnten Schönen,
und er sagt in sanften Tönen:
»Schau, dein Ring ist eingetroffen!
und so darf ich, Herz mein, hoffen,
da wir frei von allen Sorgen,
endlich, endlich, endlich morgen
mit der Liebsten, mit der Süßen
froh den Ehebund zu schließen.
Nun, die schönste aller Frauen,
möchtest du den Ring beschauen?«
Doch die Meerprinzessin spricht:
»Ach, das schon. Nur geht es nicht,
dass wir uns sogleich vermählen.«
»Na, warum? Was kann noch fehlen?
Ich lieb feurig, ich lieb heiß,
und ich will um jeden Preis
dich zur Ehegattin haben.
Sonst … sonst müsst ihr mich begraben,
weil ich stracks an Herzweh sterbe.
Sieh doch, wie ich rührend werbe!«
Doch die Meerprinzessin hat
ihre Antwort schon parat:
»Alle Zaren werden lachen:
Können die ein Pärchen machen –
solch ein Kind von fünfzehn Jahren

und ein Greis mit grauen Haaren?
Opa will die Enklin freien!«
Doch der Zar beginnt zu schreien:
»Sollen sie nur immer kichern!
Ich, das kann ich dir versichern,
werd mit meinen treuen Heeren
ihre Reiche glatt zerstören,
und dann rott ich diese Flegel
einfach aus mit Kind und Kegel!«
»Aber wenn auch keiner lacht:
Winterfrost und Blumenpracht,
würde das zusammenpassen?«
»Was? Ich kann mich sehen lassen!
Bin ich auch nicht ganz so jung,
komm ich doch oft hübsch in Schwung!
Putz ich mich nur fein heraus,
seh ich wie ein Prachtkerl aus,
keck und schneidig, flott und tüchtig.
Aber ist denn das so wichtig?
Was hat das schon groß zu sagen
jetzt in unsern Hochzeitstagen!«
»Nie und nimmer! Denn mir graut
vor verwelkter Runzelhaut,
grauem Haar und krummem Rücken,
vor dem Mund mit lauter Lücken!«
Vater Zar, der weise, stutzt,
kratzt sich lange ganz verdutzt
hinterm Ohr und fragt verlegen:

»Tja, was tu ich nur dagegen?
Ich vergeh vor Heiratslust,
und solch Missgeschick! Da musst
du mich mit dem Nein noch plagen!
Es verdirbt mir schier den Magen!«
»Wenn du wieder jung wie einst
hier vor meinem Aug erscheinst,
geh ich gerne zum Altar.«
»Ach, das wäre wunderbar!
Doch ich müsste mich verjüngen.
Wunder kann nur Gott vollbringen!«
Da erklärt die Meerprinzessin:
»Willst du jede Furcht vergessen,
dich nicht schonen, alles wagen,
dann kommt's wie in jungen Tagen –
und du wirst zum schönsten Mann.
Wie? Ganz einfach: Ordne an,
vor dem Schloss im Morgengrauen
hier drei Kessel aufzubauen.
Und man bringe Holz und Reisig,
hole Wasser, klar und eisig;
einen Kessel fülle man
mit dem kalten Wasser an;
in dem zweiten Kessel sei
laues Wasser; Kessel drei
aber sei mit Milch gefüllt –
kochen soll sie, bis sie quillt.
Wenn du, Zar, nun splitternackt

in die Milch tauchst, unverzagt
dann ins laue Wasser springst
und im kalten dich verjüngst,
wirst du herrlich ihm entsteigen,
dich voll Kraft und Schönheit zeigen,
und, drauf geb ich dir mein Wort,
ich bin deine Frau sofort!«
Er bekreuzigt sich verstohlen,
lässt den Leibjäger rasch holen.

Gleich am Eingang meint Iwan:
»Wieder wohl zum Ozean?
Zar, da will ich dir was sagen:
Das ist nicht mehr zu ertragen.
Brauchst du was, fahr selber hin!«
»Was kommt dir bloß in den Sinn!
Freund, du liebst mich ja, das weiß ich!
Also, hör: Am Morgen heiß ich
hier vorm Schloss drei Kessel richten,
drunter Holz und Reisig schichten,
lasse Milch in einen gießen,
koch sie bis zum Überfließen,
in dem zweiten Kessel sei
Wasser, lau wie Hirsebrei,
in dem letzten wieder sei's
quellenklar und kalt wie Eis.
Du nun, sicher wird's nicht schaden,
musst in diesen Kesseln baden.

Dass ich seh, ob sowas geht!«
»Allzu listig, Majestät!«
unterbricht ihn da Iwan.
»Sieh mal, was für'n schlauer Plan!
Ferkel brüht man, Puten, Hühner,
aber nicht des Zaren Diener!
In dem kalten Wasser – gut!
Kannst dann sehen, wie das tut.
Schürst du aber nun das Feuer,
ist mir meine Haut zu teuer!
Wenn du auch ein Schlaukopf bist,
an Iwan zerplatzt die List!«
Wild erbebt des Zaren Bart:
»Was? Noch streiten? Welche Art!
Meine Schlauheit geh zuschanden?
Du gehorchst im Nu, verstanden!
Nimmst du morgen nicht das Bad,
flechte ich dich, Hund, aufs Rad,
und dann werden dir die Knochen
bis zum letzten Zeh zerbrochen!
Raus!« Iwan erstarrt, heult auf,
lässt den Tränen freien Lauf,
stampft dann mit dem Fuß, macht kehrt,
läuft zu seinem Höckerpferd.
 »Was bedrückt dich so, mein Lieber,
warum wirst du trüb und trüber?
Sag, auf welchen Einfall kam
diesmal unser Bräutigam?«

Wie Iwan den Freund umschlingt,
zärtlich an den Hals ihm sinkt!
»Pferdchen, es wird immer schlimmer!
Jetzt gibt's keinen Hoffnungsschimmer.
Er befiehlt mir ohne Gnade,
dass ich in drei Kesseln bade:
erst ein Milchbad, siedend heiß,
dann zwei Wasser – lau und Eis.
Und verweigre ich das Bad,
spannt er mich sogleich aufs Rad!«
»Da bin ich dir unentbehrlich.
Diesmal ist es ganz gefährlich!
Weißt du noch, wie alles kam,
all dein Kummer, all dein Gram?
Ja, die Feder hat's gebracht,
die du nahmst in jener Nacht …
Nur, lass dich nicht unterkriegen!
Strafen wir das Schicksal Lügen!
Ist der Preis auch noch so teuer,
Freund, ich geh für dich durchs Feuer.
Hör nun! Wenn du vorm Palast
morgen dich entkleidet hast,
reck dich hoch und sag zum Zaren
mit dem traurigsten Gebaren:
Hast mir meinen Tod befohlen,
lass das Höckerpferdchen holen,
denn ich möcht's noch einmal sehn!
Sicher sagt der Zar: Na, schön!

Wenn ich meinen Schweif dann schwinge,
leise Zaubersprüche singe,
pfeife, meine Nüstern tunk
in die Kessel, dich im Schwung
zweimal mit dem Nass begieße –
schau nicht lange auf die Füße,
tauche in das Milchbad flink,
dann ins laue Bad und spring
in den kalten Rettungshafen!
So! Jetzt bete und geh schlafen,
träume süß, sei völlig ruhig –
was ich dir versprech, das tu ich!«

Und der nächste Tag bricht an.
Höckerpferdchen weckt Iwan.
»Auf, mein Junge! Auf zur Tat,
zu dem wundervollen Bad!«
Doch Iwan hat keine Eile,
kratzt und reckt sich eine Weile,
sagt am Zaun noch ein Gebet,
ehe er zum Zaren geht.

Dort ist schon der Kessel heiß.
Ringsherum in dichtem Kreis
sitzen Kutscher, Köche, Knechte –
jeder, der was sehen möchte.
Und man tuschelt, lacht und schreit,
wirft ins Feuer Scheit auf Scheit.

Festlich öffnet sich das Tor,
und es tritt das Paar hervor –
links der Zar mit weißem Bart,
rechts die Zarin, jung und zart.

»Na, Kerl, Hemd und Hosen runter,
in den Kessel, aber munter«,
ruft der Herr dem Jungen zu.
Der entkleidet sich im Nu,
tritt ans Bad, sagt keinen Laut,
während sich die Zarenbraut
mit dem Schleier schnell verdeckt,
weil ein nackter Mann sie schreckt.
Stille. Doch Iwan der Tor
kratzt sich lange hinterm Ohr.
»Wird's nun bald, du faule Haut«,
ruft der Zar und schneuzt sich laut,
»los, hinein, so schnell es geht!«
»Eine Bitte, Majestät!
Hast mir meinen Tod befohlen,
lass das Höckerpferd nur holen,
denn ich möcht's noch einmal sehn!«
Gnädig winkt der Zar: »Na, schön!«
Und ein Diener aus dem Tross
läuft und holt das kleine Ross.

Pferdchen wedelt mit dem Schweif –
und mit magischem Gepfeif
und mit zauberischem Flüstern
taucht's in jedes Bad die Nüstern,
und nachdem's den Freund bespritzt,
blinzelt es so ganz verschmitzt.

Nun, Iwan, der kennt sein Rössel,
hechtet mutig in den Kessel,
in den zweiten, dritten dann –
und wird solch ein schöner Mann,
wie's kein Märchen könnte schildern,
wie man's nie gemalt auf Bildern!
Dann, im reichverzierten Kleid,
neigt er strahlend sich der Maid,
und im Glanz des Sonnengolds
nickt er rings mit Fürstenstolz.

»Solch ein Wunder«, schrein die Leute,
»gab es ja noch nie bis heute!
Das ist einfach unerklärlich!«
Auch der Zar meint: »Wirklich! Herrlich!
Diener, zieht mich aus!« Und nun –
plumps! Doch kocht er wie ein Huhn …

Da tritt die Prinzessin vor,
hebt die rechte Hand empor,
nimmt den Schleier vom Gesicht,
sieht sich würdig um und spricht:
»Euer großer Zar ist hin.
Jetzt bin ich die Herrscherin.
Hoffentlich behagt das allen.
Nun, dann muss euch auch gefallen
mein Gemahl, der, mir nun gleich,
waltet und regiert im Reich.«

Mit dem weißen Finger zeigt
auf Iwan die Maid – und schweigt.

 Mächtig schwillt's wie eine Welle:
»Hoch! Hurra! Und sei's zur Hölle,
folgen wir der neuen Zarin!
Zar Iwan hoch! Gott bewahr ihn!«
Und da nimmt der Junge kess
bei der Hand die Meerprinzess.
In die Kirche, zum Altar
schreitet frohen Sinns das Paar.

Silberne Trompeten grüßen,
bronzene Kanonen schießen.
Aus den Kellern, Fass um Fass,
holt man manches edle Nass.
Rings das Volk ist nicht zu zählen.
Trunken johlen tausend Kehlen:
»Hoch die Zarin! Hoch der Zar!
Hoch leb unser Herrscherpaar!«
Doch in welchen Strömen floss
erst der Wein im Zarenschloss,
wo Bojaren, Grafen, Fürsten,
die ja ganz besonders dürsten,
tranken, tranken, tranken, tranken,
bis sie stumm zu Boden sanken!
Ich war dort von früh bis spät,
soff viel Wein und Bier und Met.

War mein Bart auch ganz begossen,
nichts ist in den Mund geflossen.

Der Text dieser Ausgabe ist auch in Blindenschrift (Braille) in der Deutschen Blin-
den-Bibliothek (Deutsche Blindenstudienanstalt e.V. Marburg) vorhanden.

Der Herausgeber dankt dem Übersetzer für die Überlassung der Rechte an dieser
Übertragung, die 1981 in Moskau zum erstenmal erschienen ist.
Der/die Rechteinhaber für die Illustrationen konnte(n) nicht ermittelt werden.
Eventuelle Rechtsnachfolger werden daher gebeten sich mit Bernd E. Scholz
in Verbindung zu setzen.

Lektorat: Erika Beermann
Gesetzt aus der Stempel Garamond
durch Bernd E. Scholz
Bild- und Umschlaggestaltung unter
Verwendung der Illustrationen von
N. Kotschergin (†)
in der Moskauer Ausgabe von 1981
Scans: Axel Pelz

Als Ebook unter
ISBN 978-3-926385-52-9
in der
Deutschen Nationalbibliothek
in Frankfurt am Main und Leipzig.

Als Kindle eBook wird es angeboten unter
http://www.amazon.de/Das-Höckerpferd-ebook/dp/B00DH7X4PG/

Printed by CreateSpace (USA), An Amazon.com Company
Available on Kindle and other devices

ISBN 978-3-926385-36-9 (Bernd E. Scholz)